Une irrésistible attraction

MAISEY YATES

Une irrésistible attraction

Azur

HARLEQUIN

Collection : Azur

Cet ouvrage a été publié en langue anglaise
sous le titre :
HEIR TO A DESERT LEGACY

Traduction française de
ANNE-LAURE PRIEUR

HARLEQUIN
83-85, boulevard Vincent-Auriol, 75646 PARIS CEDEX 13
Service Lectrices — Tél. : 01 45 82 47 47

www.harlequin.fr

ISBN 978-2-2803-2772-5 — ISSN 0993-4448

1.

Avec un juron, Sayid al-Kadar releva le col de son manteau. Cette bruine incessante était franchement désagréable. Sans parler de la ville. Même dans ce quartier convenable de Portland, tout semblait ne former qu'un seul bloc : la route, le trottoir, les immeubles se découpant sur le ciel grisâtre… Une prison de verre et d'acier qui se refermait sur ses habitants. Ce n'était pas un endroit pour lui. Encore moins pour l'héritier du trône d'Attar. Pourtant, d'après ses informations, c'était bien ici que ce dernier se trouvait.

Vingt-quatre heures plus tôt, un document découvert dans le coffre-fort de son frère avait rendu espoir à Sayid. Son neveu était peut-être en vie ! Le retrouver était devenu sa priorité. En un temps record, Alik lui avait confirmé non seulement que l'enfant était vivant, mais qu'il se trouvait sur le sol américain. Non que l'efficacité de son ami le surprît : Alik Vasin ne connaissait pas l'échec.

Les mains enfoncées dans les poches, Sayid traversa la rue en direction de l'immeuble indiqué par Alik. Comme il croisait une jeune femme, il lui décocha un sourire éclatant, exercice qu'il n'avait plus pratiqué depuis longtemps. La tactique fonctionna. Sous le charme, la visiteuse tapa le code d'entrée et lui tint la porte ouverte. Il prit délibérément un autre ascenseur. Il n'était pas là pour s'amuser.

Il sentit la tension lui nouer les muscles lorsque les portes s'ouvrirent sur le dernier étage. Le couloir était étroit, et les grincements du plancher en disaient long sur la vétusté de l'immeuble. Une moiteur déplaisante imprégnait l'air, sa peau, ses vêtements. L'endroit lui évoquait un cachot. Il n'avait jamais eu de raison de se rendre aux Etats-Unis jusque-là. Sa place était à Attar et son vaste désert de sable rouge — bien que ce lieu lui fût devenu aussi étranger que cette ville froide et pluvieuse, depuis que son devoir le confinait au palais…

Depuis que son frère, Rashid, et sa belle-sœur, Tamara, avaient disparu, laissant derrière eux un enfant…

Il frappa à la porte numéro treize.

— Une minute !

Un tumulte lui parvint de l'intérieur. Les pleurs d'un bébé, suivis d'un bruit de pas précipités. Il devinait qu'on l'observait par le judas. Aucune chance qu'on le laisse entrer. Une femme qui refusait de lui ouvrir sa porte était une situation inédite pour Sayid. Mais Chloé James n'avait rien à gagner à se cacher de lui. Au contraire.

— Chloé James ? appela-t-il.

— Oui ?

L'épaisseur de la porte étouffait le son de sa voix.

— Je suis le cheikh Sayid al-Kadar, régent d'Attar.

— Régent ? Intéressant. Attar… c'est en Afrique du Nord, non ?

— Vous savez parfaitement où se trouve mon pays.

Dans l'appartement, les pleurs redoublèrent.

— Ecoutez, je suis assez occupée. Vous avez réveillé le bébé et…

— C'est justement la raison de ma visite, Chloé. Le bébé.

— Il est un peu grognon, pour l'instant. Revenez plus tard.

— Mademoiselle James…, insista poliment Sayid.

Enfoncer la porte paraissait un jeu d'enfant. Mais ce n'était sans doute pas la meilleure stratégie. Il tenait à éviter l'incident diplomatique.

— Laissez-moi entrer et nous discuterons ensemble de la situation.

— Quelle situation ?

— Le bébé.

— Que lui voulez-vous ?

— La même chose que mon frère. J'ai en ma possession un contrat légal, dont vous connaissez la teneur puisque vous l'avez signé. Soit nous en discutons maintenant, soit nous nous revoyons au tribunal.

A vrai dire, il n'avait aucune intention de mêler la justice à cette affaire, que ce soit celle des Etats-Unis ou celle d'Attar. Mieux valait éviter de faire des vagues avant d'avoir mis au point une version expliquant comment l'enfant avait survécu, et pourquoi on avait caché son existence. Pour cela, il avait besoin de se faire une idée précise de la situation. Le document trouvé dans le coffre reflétait-il la réalité ? Ou couvrait-il une liaison entre son frère et Chloé James ?

Cette seconde hypothèse compliquerait les choses et l'empêcherait de partir avec l'enfant. Cela était inacceptable.

La porte s'ouvrit, maintenue par une chaîne. Un œil bleu frangé de longs cils apparut dans l'entrebâillement et le détailla avec méfiance.

— Carte d'identité ?

Sayid soupira, puis sortit son passeport qu'il brandit devant l'ouverture.

— Satisfaite ?

— Pas vraiment.

La porte claqua. Il y eut un cliquetis de chaîne, puis elle se rouvrit.

— Entrez.

Il passa le seuil, aussitôt pris de claustrophobie. Des étagères remplies de livres couvraient les murs jusqu'au plafond, rendant la pièce plus exiguë encore. Un ordinateur portable était ouvert sur la table basse à côté d'une pile de livres. Une autre pile s'élevait dans un coin, près d'un tableau blanc. L'agencement avait beau obéir à une certaine logique, le manque d'espace donnait à Sayid une désagréable impression de chaos. Rien à voir avec l'ordre militaire qui régissait sa vie.

Son regard se posa alors sur Chloé. Elle était petite, avec des cheveux d'un roux ambré et une peau très claire parsemée de taches de rousseur. Sa poitrine généreuse et sa taille épaissie indiquaient clairement qu'elle venait de mettre au monde un enfant. Quant à ses traits tirés, ils trahissaient un flagrant manque de sommeil. Si elle était la mère biologique de l'enfant, cela se verrait. Son physique était aux antipodes de celui de Rashid, mat de teint, et de sa jeune épouse à la chevelure d'ébène.

— Cet endroit n'offre aucune protection, observa-t-il d'un ton sévère.

Les pleurs avaient cessé. Le calme régnait de nouveau dans l'appartement.

— J'aurais pu entrer de force, tout comme n'importe quelle personne malintentionnée. Vous mettez l'enfant en danger en le gardant ici.

— Je n'avais nulle part où aller, se défendit la jeune femme.

— Où est-il ?

— Aden ? Vous n'avez pas besoin de le voir…

— J'insiste.

— Pourquoi ?

Tout en parlant, elle avait contourné le canapé, comme pour lui bloquer le passage. Ridicule. Elle ne faisait pas le poids face à un soldat de sa trempe. Pourtant, elle lui tenait tête, tigresse à la crinière de feu.

— C'est mon neveu, répondit-il. Le même sang coule dans nos veines.

— Vous vous sentez donc lié à lui ?

— Cela vous étonne ?

C'était un lien de sang plus que de cœur, il l'admettait volontiers. Ils ne formaient pas une famille au sens traditionnel du terme. Sayid avait fait le serment de protéger son souverain, au prix de sa vie s'il le fallait. Rien ni personne ne pouvait briser ce lien-là.

— C'est juste que… vous n'avez jamais été proche de la famille, balbutia-t-elle. Rashid disait que…

— Rashid ?

Elle l'appelait par son prénom ? Mauvais signe. Si elle était effectivement la mère biologique de l'enfant, le contrat perdait tout impact. Auquel cas, tant pis pour l'incident diplomatique. Il reprendrait l'enfant, par la force si nécessaire.

— Quelle relation entreteniez-vous avec mon frère ? demanda-t-il d'un ton dur.

La jeune femme croisa les bras sous sa poitrine.

— J'ai mis au monde son enfant.

Une rage sourde envahit Sayid. Son frère avait-il compromis l'avenir d'Attar ? Si oui, ce serait à lui d'en assumer les conséquences. A lui d'empêcher le pays de s'effondrer, tout en s'assurant que la vie continue paisiblement pour ses millions d'habitants.

— Vous avez rédigé ce contrat parce que vous êtes la vraie mère d'Aden ! gronda-t-il en brandissant le document.

— Quoi ? Pas du tout ! protesta Chloé.

— Cette histoire de mère porteuse est un mensonge destiné à couvrir votre liaison avec mon frère…

Elle leva les mains en signe de dénégation.

— Vous faites fausse route ! J'ai bien donné naissance à Aden en tant que mère porteuse. L'enfant est le sien et celui de Tamara.

Sa voix se brisa sur le nom de l'épouse de Rashid. Sayid hésitait encore à la croire.

— Pourquoi ne pas vous être tournée vers moi ?

— Je… je ne sais pas. J'avais peur, balbutia-t-elle. Ils étaient en route vers l'hôpital au moment de l'accident. Je devais accoucher dans une clinique privée, mais j'ai perdu les eaux plus tôt que prévu. Seul leur médecin attitré était dans le secret. Il est mort avec eux…

Sayid regarda autour de lui avec désapprobation.

— Donc, vous avez amené l'enfant ici, dans cet appartement non sécurisé ?

— Personne ne savait où j'étais, assura la jeune femme.

— Il m'a fallu moins de vingt-quatre heures pour vous localiser. Une chance que ce soit moi, et non un ennemi, qui vous aie retrouvée !

— Comment puis-je être sûre que vous n'êtes pas un ennemi d'Aden, vous aussi ?

— Soyez-en assurée, maintenant.

Chloé soutint le regard d'acier de l'homme en face d'elle. Sayid al-Kadar se tenait dans son salon ! Elle peinait encore à le croire. Depuis la naissance d'Aden, elle n'avait manqué aucun reportage sur Attar, témoin de l'accès au trône du jeune frère du cheikh. Ce dernier avait affiché un calme presque surnaturel au milieu de la tragédie qui secouait sa nation : le cheikh et son épouse étaient morts, et le futur héritier avec eux. Du moins, officiellement.

Tout le monde ignorait que le couple royal avait fait appel à une mère porteuse et que l'enfant était en bonne santé.

Quand, après l'accouchement, ni Rashid et Tamara, ni leur médecin n'étaient apparus, Chloé avait été prise d'un horrible pressentiment. Elle avait demandé à l'infirmière d'allumer la télévision, et son sang s'était glacé. Car toutes les chaînes relayaient la même information : un tragique accident de voiture dans le nord-ouest du Pacifique avait emporté la famille royale d'Attar et son médecin privé. Assommée, Chloé n'avait su que serrer le bébé contre sa poitrine. Ce bébé qui n'était pas le sien, mais n'avait plus qu'elle au monde…

Les semaines suivantes s'étaient écoulées comme dans un brouillard. Elle avait longuement pleuré la mort de Tamara, partagée entre chagrin et angoisse. Que faire d'Aden ? Pouvait-elle faire confiance à l'oncle du nouveau-né ? Après tout, Aden en vie, il n'était plus souverain, mais simple régent. Qui sait ce dont il était capable pour préserver sa position ? Cette hypothèse l'avait terrifiée. Une crainte absurde, bien sûr. Ni Rashid, ni Tamara n'avaient jamais médit du jeune frère du cheikh.

C'était la première fois qu'elle éprouvait pareil instinct de protection. Aden était le neveu de Sayid, à qui il était lié par le sang. Mais c'était plus que cela. Elle qui ne voulait pas d'enfants l'avait porté pendant neuf mois. Ce lien-là était indestructible, gravé dans sa chair. Même si sa raison le niait.

— Pourquoi ne pas avoir contacté le palais ? lui reprocha Sayid.

— Le contrat m'interdisait de divulguer mon rôle. Si Rashid avait voulu vous mettre dans le secret, il l'aurait fait.

— Vous avez donc agi par loyauté ?

— Oui.

— J'imagine que vous avez été payée ?

Le rouge monta aux joues de Chloé.

— En effet.

Elle avait reçu une compensation financière et ne comptait nullement s'en excuser. Toutes les mères porteuses monnayaient leurs services. Si elle avait accepté, c'était avant tout pour Tamara, mais aussi pour l'argent, sa bourse d'études ne suffisant pas à couvrir ses frais d'université.

— C'est normal, dit-elle. Porter un enfant, le mettre au monde, ce n'est pas rien. Ces dix derniers mois me l'ont prouvé.

— Alors pourquoi faire cela pour de parfaits inconnus ? insista Sayid.

Ses yeux de jais étincelaient de colère. A l'évidence, il continuait à croire qu'elle et Rashid avaient été amants.

— Tamara était ma demi-sœur, répondit-elle. Vous l'ignoriez sans doute, car nos retrouvailles étaient récentes.

Découvrir qu'elle avait une demi-sœur avait comblé Chloé de joie. C'est Tamara qui l'avait retrouvée, grâce aux ressources que lui procurait son statut d'épouse du cheikh. Chloé avait été si impressionnée ! Sa sœur, une cheikha ! Sa beauté et son pouvoir l'avaient fascinée. Mais c'est surtout la perspective d'avoir une nouvelle famille qui l'avait réjouie…

Chloé et Tamara ne s'étaient réunies qu'en de rares occasions, car un océan les séparait. Mais chacune de leurs rencontres avait été merveilleuse. Cette amitié qui les unissait, Chloé avait espéré la voir s'épanouir en un lien familial profond. Un espoir, hélas, tragiquement étouffé dans l'œuf. Aden était la seule famille qu'il lui restait, désormais.

Son cœur se serra à la pensée du bébé endormi dans la pièce voisine. Elle ignorait ce qu'elle ressentait pour le nouveau-né, ignorait quoi faire de lui. Le garder ? S'en séparer ? Les deux options lui étaient aussi intolérables l'une que l'autre. Résultat, elle se retrouvait coincée avec un bébé qui l'empêchait de réviser, tout en vivant dans la peur qu'on le lui enlève.

Un an plus tôt, elle s'était inscrite avec enthousiasme en troisième cycle d'université, tout entière absorbée par son doctorat en physique théorique. Aujourd'hui, elle pleurait sa sœur perdue. Peinait à rendre ses devoirs en temps et en heure. Elevait tant bien que mal un enfant. L'espace d'une seconde, elle détesta sa vie.

Et si elle confiait Aden à son oncle ?

En acceptant d'être mère porteuse, elle n'avait jamais envisagé l'éventualité de garder l'enfant. Mais depuis, elle avait goûté à la maternité. Entrevu ce que son avenir pourrait être si…

Si elle était quelqu'un d'autre.

Une brusque fatigue s'abattit sur ses épaules. Sayid, lui, était resté impassible. Seul son regard reflétait une vague compassion.

— Je suis désolé pour votre sœur.

— Et moi, pour votre frère.

— C'est une perte terrible pour Attar. Aden est notre futur souverain, l'espoir de tout un peuple.

— Ce n'est qu'un bébé, murmura Chloé.

Pauvre Aden ! Si vulnérable, et déjà privé de sa mère. Sa *vraie* mère, prête à l'accueillir et à l'élever avec amour. Pas l'étudiante qui s'occupait de lui bon gré mal gré depuis six semaines. Elle était exténuée, constamment au bord des larmes…

— Un bébé appelé à régner, rappela Sayid. C'est le but de sa naissance.

— Pas seulement, objecta-t-elle. Rashid et Tamara désiraient de tout cœur être parents.

Un profond instinct maternel avait dicté la requête de Tamara, elle en était convaincue.

— Je n'en doute pas, concéda Sayid. L'adoption n'était cependant pas une option, l'héritier devant impérativement être issu de la lignée Al-Kadar.

Chloé ne l'ignorait pas. Ce souvenir paraissait si lointain…

Ce jour-là, c'était une Tamara en larmes qui avait sonné chez elle. Meurtrie, elle s'était confiée sur sa dernière fausse couche en date. Sur son désir profond d'être mère. Sur la nécessité pour elle de donner un héritier au royaume. C'est alors qu'elle avait formulé la demande qui allait bouleverser la vie de Chloé.

« Tu seras indemnisée, bien sûr. Une fois né, l'enfant rentrera avec nous à Attar. Et toi, tu auras contribué à agrandir la famille. »

Ces mots avaient touché une corde sensible. Avoir une famille était le vœu le plus cher de Chloé.

Elle s'était alors persuadée qu'être enceinte n'était certainement pas si terrible. Au terme des neuf mois, Tamara et Rashid auraient l'enfant qu'ils désiraient, tandis qu'elle aurait mis une nouvelle vie au monde, tout en réglant ses problèmes d'argent. Le bonheur de la seule famille pour qui elle comptait valait bien les petits désagréments d'une grossesse. Simple formalité.

Puis il y avait eu les nausées matinales, la prise de poids, la poitrine douloureuse, les vergetures… Et bien sûr, l'accouchement. Rien de tout cela n'avait été une « formalité ».

Pourtant, dans cet instant de calme après la délivrance, juste avant qu'elle n'apprenne la tragédie, elle avait contemplé le petit être dans ses bras, et un sentiment de plénitude l'avait envahie. Comme si toutes les pièces du puzzle de sa vie s'étaient soudain mises en place. Il lui semblait qu'elle venait d'accomplir son destin, qu'Aden était et serait à jamais sa plus belle réussite.

Mais c'était avant que son monde ne s'écroule de nouveau. Depuis six semaines, elle vivait comme un zombie, selon une routine immuable. S'occuper d'Aden. Manger et dormir lorsqu'il lui en laissait le temps. Essayer d'étudier. Peu à peu, elle perdait pied. L'arrivée de Sayid était un cauchemar autant qu'un soulagement.

— Je sais, dit-elle. Que comptez-vous faire au juste ?

— Le ramener à Attar, auprès de son peuple, répondit Sayid.

— Et qui va l'élever ?

— Tamara avait engagé les meilleures nourrices. Sitôt à Attar, il retrouvera la vie qui est la sienne.

Un calme étrange imprégnait la voix du cheikh. Chloé se demanda furtivement ce qui couvait sous cette surface un peu trop lisse.

— Quand avez-vous découvert la vérité ?

— Hier. Parmi les documents contenus dans le coffre-fort de Rashid se trouvait le contrat de gestation pour autrui. Mon premier rayon d'espoir en six semaines…

— Vous n'avez pas mis longtemps à nous retrouver.

— Vous n'étiez guère cachés…

— J'avais peur, murmura Chloé.

— De quoi ?

— De tout.

C'était la pure vérité. Depuis la mort de Tamara, elle vivait dans une angoisse permanente. Chaque jour paraissait une éternité, comme suspendu dans le temps.

— J'avais peur de vous, ajouta-t-elle. Peur que vous cherchiez à évincer cet héritier qui menace votre pouvoir…

Le regard du cheikh se durcit.

— J'ai été élevé pour combattre, mademoiselle James, pas pour régner. Dans mon pays, c'est la fonction réservée au fils cadet. Je suis un guerrier. J'exécute les ordres et protège le royaume coûte que coûte, quitte à me montrer sans merci. Le bien d'Attar passe avant ma personne.

Chloé le croyait volontiers, ne serait-ce qu'à sa voix dénuée d'émotion. Sayid était un soldat, une machine programmée pour obéir. Et il était résolu à emmener Aden.

— Si j'ai bien compris, vous êtes l'homme de main de la famille Al-Kadar ?

La remarque lui avait échappé. Aucun livre ne l'avait préparée à cette situation. Pour la première fois, elle se sentait perdue, incapable de raisonner avec clarté.

— Mon futur était tracé dès ma naissance, répondit Sayid.

Tout comme celui d'Aden.

Cette vérité l'ébranla. Bien sûr, elle n'ignorait pas qu'un grand destin attendait le petit garçon. Un destin dans lequel elle n'avait aucune part. Mais isolée dans sa bulle avec Aden, il lui avait été facile, nécessaire même, d'oublier la réalité.

— Aden doit rentrer à Attar. De votre côté, vous retrouverez votre vie d'avant.

C'est vrai. Elle terminerait son doctorat, puis, son diplôme en poche, décrocherait une chaire à l'université ou un poste dans un institut de recherche. Elle et son tableau blanc : une existence simple, dédiée aux mystères de l'univers — plus accessibles, à ses yeux, que celui des relations amoureuses. Elle les évitait d'ailleurs comme la peste, se contentant de son cercle d'amis.

Voilà l'avenir que lui offrait Sayid : une chance de reprendre le cours normal de sa vie.

Sauf qu'il lui suffisait de regarder son ventre pour comprendre que rien n'était plus pareil. Cet enfant qui dormait dans la pièce d'à côté, elle l'avait porté en elle. Lui avait donné la vie. Impossible de faire marche arrière, désormais.

— Je ne peux pas vous laisser l'emmener, l'informa-t-elle.

— Pourquoi ? Vous comptiez bien le rendre à Rashid et Tamara…

— C'est différent. Ils étaient ses parents. La famille auprès de laquelle il aurait dû grandir.

— Orphelin ou non, sa place est à Attar, décréta Sayid, inflexible.

— Il se sentira perdu ! Je suis la seule mère qu'il connaisse !

Sa mère. C'était la première fois qu'elle donnait voix à cette pensée. Après tout, elle l'avait mis au monde, l'avait nourri au sein, s'était occupée de lui nuit et jour. Il n'était peut-être pas son fils biologique, mais un lien bien réel les unissait.

— N'avez-vous pas envie de retrouver votre vie ? insista le cheikh.

Bien sûr qu'elle en avait envie ! Mais abandonner Aden était un sacrifice aussi insurmontable que celui de renoncer à sa carrière. Elle était déchirée, incapable de trouver la réponse.

— Je ne peux pas, murmura-t-elle. Rien ne sera plus jamais comme avant.

Cela, au moins, était un fait. Tangible. Irréfutable. Pas besoin d'équations pour le prouver.

— Dans ce cas, que proposez-vous ?

Sayid la fixait intensément, les bras croisés en une posture rigide. Soudain, les pleurs d'Aden rompirent le silence. Une vague d'amour submergea Chloé, et elle trouva la réponse qu'elle cherchait.

— Emmenez-moi à Attar.

2.

— C'est hors de question, assena Sayid en se dirigeant vers la pièce d'où s'élevaient les pleurs.

— Où croyez-vous aller ? s'écria Chloé, gagnée par la panique.

— Récupérer mon neveu, comme convenu.

Il lui agita sous le nez le contrat de gestation pour autrui. Un contrat qu'elle avait signé sans regret, stipulant qu'Aden était l'enfant de la famille royale d'Attar. Pas le sien.

Ses pieds bougèrent d'eux-mêmes. Au moment où Sayid atteignait la porte, elle lui agrippa les épaules et le tira en arrière. Du moins, elle essaya, car l'homme était un roc, ses muscles durs comme l'acier sous ses doigts. Le genre d'homme qui la terrifiait. Une seule gifle de sa main puissante l'enverrait rouler à terre. Combien de fois avait-elle vu sa mère recroquevillée sur le sol après un tel traitement ?

Mais Sayid ne la gifla pas. Lentement, il fit volte-face.

— A quoi jouez-vous ?

— Je ne vous laisserai pas emmener Aden ! s'exclama-t-elle avec force. Vous êtes peut-être le cheikh dans votre pays mais ici, vous n'êtes qu'un intrus dans mon salon. Ne m'obligez pas à appeler la police.

Elle tremblait de colère, mais une colère qui la portait et supplantait sa peur. Aden n'était qu'un nouveau-né, un petit être sans défense. Si elle ne se battait pas pour lui, qui le ferait ?

— Je m'attendais à plus de réserve de la part d'une scientifique, grinça Sayid.

— Et moi, à plus de diplomatie de la part d'un chef d'Etat ! riposta Chloé. Vous pensiez vraiment que j'allais vous laisser m'enlever mon enfant ?

Une lueur dangereuse s'alluma dans le regard du cheikh.

— Aden n'est pas votre enfant.

Ces mots la heurtèrent de plein fouet. Elle se demanda soudain ce qu'il lui avait pris de dire cela.

— C'est vrai, concéda-t-elle. Mais j'ai pris soin de lui. Je l'ai nourri au sein. Vous ne pouvez pas ignorer cela.

— Il était entendu dès le début que vous rendriez l'enfant, rappela Sayid, intraitable.

— A Tamara, oui. Sa mère, ma demi-sœur. Mais elle est morte, à présent. A part le personnel médical, moi seule l'ai tenu dans mes bras. Et vous voudriez nous séparer !

— Je ne fais que mon devoir. Aden n'est pas votre fils. Pour le bien d'Attar, il *doit* rentrer.

— Alors laissez-moi l'accompagner !

— Et compromettre le secret de sa naissance ?

Elle secoua la tête.

— Non ! Je pourrais être… sa nourrice ?

— Jusqu'à sa majorité, à seize ans ?

Chloé n'avait pas seize années à passer à Attar. Elle avait une vie à Portland. Des amis. Son doctorat. Un poste d'enseignante stagiaire à compter de l'automne. La meilleure solution était encore de couper les ponts maintenant. Sauf qu'elle en était incapable.

— Non, bien sûr, bredouilla-t-elle. Mais peut-être pourrais-je le garder ici encore six mois…

Pourquoi six mois ? Elle avait dit cela au hasard, dans le but de gagner du temps. Elle en avait besoin pour digérer ce qui lui arrivait. Mais c'était prendre le risque de s'attacher encore plus à Aden…

Comme elle se dirigeait vers la chambre où pleurait le bébé, Sayid la retint par le bras.

— Répondez-moi franchement. Qu'y avait-il entre vous et mon frère ?

— Rien, je vous l'ai dit.

— Aucun scandale ne doit éclabousser la famille royale. Vous comprenez ?

— Rashid aimait Tamara. Jamais il ne l'aurait…

— Oui, il l'aimait, l'interrompit le cheikh. Mais personne n'est à l'abri d'un faux pas. Pas même Rashid. Tout le monde est capable du pire.

Y compris un homme en apparence inoffensif. Chloé avait vu de quoi son père était capable. Et les doigts de Sayid enfoncés dans sa chair en étaient un désagréable rappel.

— Même vous ? murmura-t-elle.

— Tout le monde.

— Eh bien, soyez rassuré. Votre frère ne m'a jamais touchée.

L'idée l'aurait même fait rire si Sayid n'avait été si sérieux.

— J'ai accepté ce contrat pour Tamara, parce qu'elle était ma sœur, dit-elle.

— Bien. Je ne peux pas me permettre la moindre complication.

Une brusque colère envahit Chloé.

— Moi non plus, figurez-vous. Pourtant, ma vie n'est plus qu'une longue suite de complications…

— Je peux les faire disparaître.

— Oh ! vraiment, monsieur le Génie de la lampe ? Pouvez-vous remonter le temps ? Effacer de ma mémoire le fait que j'ai porté cet enfant et l'ai protégé les premières semaines de sa vie ?

Une vague de désespoir la submergea face au dilemme qui l'accablait.

— Aden ne manquera de rien, assura Sayid. Son retour à Attar est la seule décision logique.

Chloé secoua la tête. La logique était sa meilleure amie. Son fil d'Ariane dans une enfance marquée par le chaos. Mais le cœur n'avait-il pas ses raisons que la raison ignorait ?

— L'aimerez-vous ? demanda-t-elle.

Le regard du cheikh resta de glace.

— Je mourrais pour lui.

— Ce n'est pas la même chose.

— C'est le serment que je lui fais.

Chloé serra les dents. Les hommes et leurs serments… Elle avait trop souvent vu son père rompre sa parole pour y accorder le moindre crédit. Sayid, pourtant, semblait sincère. Ses mots venaient du fond de son âme, elle le devinait à la façon dont ils résonnaient en elle.

— Aden est mon roi, ajouta-t-il. Je lui dois allégeance en tant que sujet et membre de sa famille.

— Ce n'est qu'un bébé, objecta Chloé, une boule dans la gorge.

— Mais pas un bébé comme les autres, Chloé. Nous avons tous un fardeau à porter. Le sien est de régner.

La voix de Sayid s'était adoucie. Chloé n'était cependant pas prête à baisser les bras.

— Héritier ou non, il reste un nouveau-né, et on ne retire pas un nouveau-né à la seule mère qu'il connaisse. J'imagine que c'est le personnel du palais qui va l'élever ?

— Naturellement.

Sayid ne jouerait aucun rôle dans l'éducation d'Aden. Il était prêt à donner sa vie pour son neveu, mais pas à changer ses couches.

— De nombreuses études affirment que ses premiers liens sont cruciaux à l'équilibre émotionnel d'un enfant, continua la jeune femme. Privé de l'attention nécessaire, il serait incapable de former le moindre attachement une fois adulte.

La mâchoire de Sayid se crispa.

— Cette conclusion me semble valide.

— Les scanners cérébraux d'enfants ayant grandi sans affection montrent même qu'une partie de leur cerveau cesse de fonctionner correctement. Ce n'est pas ce que vous voulez pour le futur roi d'Attar, n'est-ce pas ?

— Bien sûr que non.

— J'ai pris soin d'Aden comme une mère, continua-t-elle avec émotion. Je l'ai allaité. Qu'arrivera-t-il si vous le séparez de moi ?

— Est-il sain de le laisser pleurer ainsi ? répliqua froidement le cheikh.

Vexée, Chloé se hâta d'aller chercher Aden dans son berceau. Le tenir dans ses bras n'était pas encore naturel pour elle. Il était si fragile, si petit ! Elle se sentait nerveuse, terrifiée à l'idée de ne pas soutenir sa tête correctement.

Sayid observait Chloé avec attention. Ses gestes étaient doux mais hésitants, son visage concentré, comme si elle craignait de commettre une erreur. Etrangement, ce spectacle le toucha. La gêne de la jeune femme était évidente. Elle n'était pas prête à élever un enfant. Et pourtant, elle se battait bec et ongles pour son neveu. Par loyauté.

Dans ses yeux bleus se lisait sa détermination à protéger Aden, au mépris de son propre bien-être. Un sentiment qu'il comprenait et respectait.

— Six mois, annonça-t-il.

Elle le dévisagea avec méfiance.

— Six mois pour quoi ?

— C'est le temps que vous séjournerez au palais, en tant que nourrice du prince. Votre présence n'éveillera ainsi aucun soupçon.

— Oh. Je…

— Officiellement, Aden est né juste avant le décès de Tamara, mais nous attendions d'être rassurés sur son état de santé pour l'annoncer à la presse.

— Le peuple ne vous en voudra-t-il pas de lui avoir caché une telle information ?

— Il comprendra, répondit Sayid.

Son ton tranchant se répercuta dans la pièce, vaguement menaçant.

— Rashid tenait à préserver le secret de la naissance d'Aden. A nous de respecter sa volonté.

— Tamara craignait d'être accusée d'infidélité, murmura Chloé.

— A Attar, une partie de la population persiste à attribuer la stérilité à un péché commis par la femme, admit Sayid.

— Rashid et Tamara redoutaient ce genre de rumeurs.

Elles seraient d'autant plus graves maintenant qu'ils ne sont plus là, n'est-ce pas ?

— En effet.

Sayid contempla l'enfant dans les bras de la jeune femme. Un étau lui comprimait la poitrine, et ce depuis qu'il assumait la régence. Il n'était pas diplomate. Encore moins homme à remplir de la paperasserie ou à divertir de hauts dignitaires en visite officielle. La presse le savait et ne manquait jamais une occasion de le comparer à l'ancien cheikh. Rashid était un leader, né pour régner ; Sayid, un guerrier, né pour combattre. Aden représentait son salut, l'héritier qui le libérerait du trône. Mais il n'était encore qu'un bébé.

Comme cet autre qu'il n'avait pas su sauver…

Le poids sur sa poitrine s'alourdit. Il se ressaisit promptement. Le passé était le passé. Les regrets n'avaient pas leur place dans sa vie. Une leçon qu'il avait apprise très jeune, de la manière forte. Un homme gouverné par ses émotions était un homme vulnérable. Un soldat, lui, n'avait rien à perdre. L'important n'était pas de faire le bien, mais de prendre la décision la plus pertinente. Sans regrets.

Et voilà qu'Aden, son neveu et dernier lien avec son frère, remettait tout cela en question ! La vue du bébé ouvrait une brèche dans le mur de son cœur. Or, il ne pouvait se permettre d'être vulnérable. Maintenant moins que jamais.

— Six mois ? répéta Chloé.

— Pas un de plus. A l'issue de ce délai, vous retrouverez votre ancienne vie. C'est bien ce que vous vouliez ?

Elle hocha lentement la tête.

— Oui…

— Dans ce cas, faites vos bagages. Nous partons sur-le-champ.

— Et mes examens ?

— Vous les passerez à distance. Je m'arrangerai avec vos professeurs.

— Je doute qu'ils acceptent…

Ce scepticisme le fit rire.

— On ne refuse rien au cheikh d'Attar.

— Ce n'est pas à vous de vous battre pour moi ! protesta la jeune femme.

Sa mâchoire se crispa.

— Je suis un guerrier. Je me bats pour tout le monde.

Après avoir jeté pêle-mêle ses affaires et celles d'Aden dans un sac, Chloé se sentait engourdie, comme anesthésiée. Même la vue du jet privé sur le tarmac de l'aéroport ne parvint pas à dissiper cette étrange sensation.

Le contrecoup du choc, peut-être ?

La porte de l'avion se referma avec un bruit sec, désagréable. Oui, c'était exactement cela. Le cocon dans lequel elle vivait depuis six semaines commençait à s'effilocher. Six semaines à survivre au jour le jour, sans rien prévoir au-delà de la prochaine heure… Le retour à la réalité était brutal.

Six mois.

Aden pressé contre elle, elle s'abandonna au confort d'un large siège en cuir. La cabine dépassait tout ce qu'elle avait imaginé en termes de luxe et de magnificence. Vivre à Attar serait comme débarquer sur une autre planète ; elle s'y était préparée. Mais elle ne s'attendait pas à être aspirée dans le monde de Sayid avant même d'avoir quitté le sol américain !

Il lui faisait face, assis dans une posture détendue. En apparence. Chloé n'était pas dupe : Sayid al-Kadar n'était pas le genre d'homme à se relaxer facilement. Le corps et les yeux en alerte, il lui évoquait un félin prêt à bondir sur sa proie.

— Une chance que vous possédiez déjà un passeport, remarqua-t-il. Vous voyagez souvent ?

La question n'était pas innocente. Il ne lui faisait pas confiance, et c'était réciproque.

— Je suis allée en Suisse l'année dernière, visiter le Grand collisionneur de hadrons. Une formidable opportunité, répondit-elle.

Un vague sourire étira les lèvres du cheikh.

— Pour la plupart des femmes, une formidable opportunité, c'est une remise sur un sac à main de créateur…

— Oh ! on n'a jamais trop de sacs à main. Mais rien ne vaut une bonne conversation sur la théorie des cordes.

— Je crains que mes connaissances en la matière soient limitées, repartit Sayid en hochant brièvement la tête.

En signe de respect, sans doute. Il la testait. Les hommes n'aimaient pas être humiliés par une femme. A commencer par ceux de sa promotion, qui se sentaient menacés par son intelligence et cherchaient sans cesse ses failles. Eh bien, elle n'en avait aucune. Pas sur le plan intellectuel, en tout cas.

— Si cela peut vous consoler, je n'y connais rien en pur-sang arabes…

Sayid partit d'un grand rire.

— Vous me croyez spécialiste en pur-sang arabes ?

— Simple supposition. Qui frôle le cliché, je l'admets.

Il haussa les épaules.

— Les chevaux ne m'intéressent pas. Je leur préfère tout ce qui est véhicules militaires, armes et artillerie, embuscades dans les dunes. Ce genre de choses.

Chloé n'en était pas surprise. Sayid al-Kadar exsudait le danger, et son instinct ne la trompait jamais.

— Autant de sujets dont je suis incapable de débattre, admit-elle.

— Votre solution serait donc le silence ?

— Pourquoi pas ? La journée a été longue.

Obtenir les documents de voyage d'Aden avait en effet pris un certain temps.

— La presse est sans doute déjà en train de faire le pied de grue devant le palais, l'informa Sayid.

— Savent-ils à quoi s'attendre ?

— Non. La nouvelle ne sera annoncée qu'après les résultats du test ADN. Simple précaution, précisa-t-il. Le bruit pourrait courir que l'enfant n'est pas un Al-Kadar.

— Toutes ces affaires de royauté sont bien compliquées…

— Pas tant que chacun est là pour remplir son rôle.

La note de résignation dans sa voix interpella Chloé.

Mais au même instant, l'avion se prépara au décollage et elle resserra son étreinte autour d'Aden.

— Il vous rend nerveuse…

— Je n'ai aucune expérience avec les bébés, se défendit-elle.

— Avoir un enfant n'est-il pas le rêve de toute femme ?

— J'ai vingt-trois ans. Je ne suis pas prête. Me marier et fonder une famille n'a d'ailleurs jamais fait partie de mes projets.

— Pourtant, vous protégez Aden comme une tigresse son petit.

Aucune émotion, aucune conviction ne perçait dans sa voix.

— Nous possédons tous ce besoin inné d'assurer la survie de notre espèce, dit Chloé en contemplant le bébé.

— Est-ce tout ?

Elle secoua la tête.

— Non…

— Vous êtes sa tante et vous l'aimez.

La gorge de Chloé se noua. Oui, cet amour lui était venu tout naturellement. Aden était une part d'elle-même, son neveu et la seule famille qu'il lui restait.

Du moins, la seule qu'elle reconnût. Elle avait depuis longtemps fui ses parents et leur mariage toxique. Entre eux, les ponts étaient définitivement coupés. Aden représentait sa dernière chance d'avoir une famille. Pendant six semaines, ils avaient été tout l'un pour l'autre, seuls au monde. Ce lien-là était plus fort que tout.

— Oui, je l'aime, murmura-t-elle.

— Ravi de l'entendre.

Sa voix n'exprimait aucune joie. Il ne retourna pas non plus le sentiment. Aucune tendresse pour son neveu ne transparaissait dans son regard. Ses yeux étaient deux puits de ténèbres sans fond.

— A partir de sept ans, j'ai été élevé par mon oncle, Kalid. Mon frère l'avait-il mentionné ?

— Non.

Rashid accompagnait rarement Tamara lors de ses visites, aussi Chloé lui avait-elle peu parlé.

— Le fils cadet, destiné à devenir chef de l'armée, est le plus souvent formé par l'homme qui occupe cette position.

— Si jeune ?

— C'est indispensable, expliqua Sayid. Comme vous l'avez souligné, les premières expériences d'un enfant sont déterminantes. Elles façonnent l'adulte qu'il sera, et c'est pourquoi elles ne peuvent être laissées au hasard.

— Que voulez-vous dire ?

— Le parfait soldat n'est pas un homme parfait. Brisé très jeune, il ne craquera pas aux mains de l'ennemi.

Il parlait d'un ton détaché, qui ne trahissait rien de l'horreur sous-tendant ses mots. Mais elle était là, tapie au fond de ses yeux. C'était si tentant de se laisser aspirer par leurs ténèbres. De se perdre en elles. En *lui*. Une brusque tension lui noua l'estomac. Elle n'avait jamais eu ce genre de pensée avant. Pas plus qu'elle n'avait été attirée par un homme comme elle l'était par Sayid en cet instant…

Elle détourna vivement les yeux.

Ces six mois étaient une chance d'accompagner Aden dans la transition dont ils avaient tous les deux besoin, pas une invitation à s'enticher d'un cheikh aux yeux noirs, reflets d'une âme plus noire encore.

3.

Si le jet privé avait ébloui Chloé, ce n'était rien à côté du palais. A la périphérie d'une capitale entre tradition et modernité s'élevait le siège du pouvoir royal, somptueux monument de jade, de jaspe et d'obsidienne. Chaque mur, chaque sol était incrusté de pierres semi-précieuses, en harmonie avec les dorures qui s'embrasaient dans la lumière du soleil d'Attar.

Seuls les jardins apportaient une touche de verdure, dans une profusion de plantes dénotant la richesse du cheikh. Les fontaines en étaient un autre exemple. Partout, l'eau coulait en cascades iridescentes déversées par des nymphes de pierre. Une oasis au milieu du désert. Le palais lui-même était protégé de la chaleur par ses épais murs de pierre, qui procuraient fraîcheur et isolation.

Chloé en était restée bouche bée. Le vestibule à lui seul était aussi vaste que son appartement ! Et elle qui avait reçu sa sœur dans un minable deux-pièces… Tamara, bien sûr, n'avait fait aucune remarque. Chloé savait que sa sœur vivait dans l'opulence, mais ne réalisait qu'aujourd'hui à quel point.

Sa chambre était une pièce immense dotée d'un grand lit que surplombait un motif d'étoile, son haut plafond soutenu par des piliers blancs gravés de scènes de caravanes. Elle en examina un de plus près. Les chameaux étaient en ambre sur un paysage d'or figurant le désert attari. Un seul de ces piliers suffirait à couvrir un an de ses frais d'université, songea-t-elle, soudain dégrisée.

Elle passa dans la chambre d'Aden, attenante à la sienne.

Un berceau trônait au centre de la pièce, entouré de riches tentures bleues drapées à la manière d'un dais. Un lit digne d'un prince.

— C'est mieux, non ? murmura-t-elle en y déposant le bébé.

Son cœur se serra. Tamara avait préparé cette chambre avec amour, pour un fils qu'elle n'avait jamais pu serrer dans ses bras. Qu'elle n'avait pas même porté. Cette expérience, c'est Chloé qui l'avait vécue. Et elle l'avait subie comme un calvaire, alors que sa sœur aurait tout donné pour être à sa place ! Désormais, Tamara ne connaîtrait jamais son enfant…

Les larmes s'amoncelèrent sous les paupières de Chloé. N'y avait-il aucune justice en ce monde ? Aucune logique ? Sa propre vie échappait à son contrôle. Ce n'était pourtant pas faute d'avoir tout calculé, tout planifié. Tout cela pour voir son monde s'écrouler autour d'elle. L'angoisse lui étreignait la poitrine, la faisant suffoquer…

— Vos appartements sont-ils à votre convenance ?

Elle fit volte-face. Sayid se tenait dans l'embrasure de la porte, droit comme un I, les mains derrière le dos. Son expression était grave, sévère. L'espace d'une fraction de seconde, elle l'envia. Tout était simple, pour lui. Il ne connaissait ni doute, ni colère, ni chagrin. Il accomplissait son devoir et cela lui suffisait.

De son côté, rien de ce qu'elle faisait ne semblait suffisant. Pas même venir à Attar.

— C'est magnifique, dit-elle. Mais vous le savez déjà.

Il haussa les épaules.

— Le palais est décoré dans le plus pur style attari. Rien qui sorte de l'ordinaire.

— C'est vrai. Quoi de plus banal qu'un palais incrusté de pierres semi-précieuses ? ironisa-t-elle.

— Disons qu'il reste préférable à une geôle ennemie.

— Est-ce son seul attrait ?

— D'une certaine façon, c'est aussi une prison, murmura Sayid.

Chloé n'eut pas le temps de le questionner davantage, car il enchaîna :

— En ce qui concerne vos cours, tout est arrangé. Vous aurez la possibilité de les suivre en ligne sur un site prévu à cet effet.

— Et les expériences ? Il n'y a pas de laboratoire dans le palais. J'étudie la théorie, mais mon cursus inclut tout de même quelques travaux pratiques.

— Les reporter ne sera pas un problème. Vous êtes une étudiante appréciée.

— Tous les doctorants le sont. A ce niveau d'études, la physique est une passion.

— Etes-vous quelqu'un de passionné, Chloé ?

Cette question, dans la bouche de Sayid, la troubla.

— Oui.

— Qu'est-ce qui vous attire dans la physique ?

— J'aime comprendre.

Elle contempla pensivement Aden.

— Même si certaines choses restent une énigme pour moi…

— Tout ne peut être expliqué, commenta Sayid.

— Mon travail consiste à prouver le contraire.

Il secoua la tête.

— Le monde est régi par la cupidité des hommes. Notre soif de pouvoir nous pousse à commettre des actes que rien ne justifie.

— La loi du plus fort, énonça Chloé.

— J'ai vu de mes yeux de quoi nous sommes capables. Croyez-moi, rien de tout cela n'a de sens.

Elle le croyait. Ses mots, sa voix, faisaient écho en elle. Des images de violence défilèrent devant ses yeux. Oui, parfois, il n'y avait aucune raison…

— Malgré tout, j'essaie de comprendre, insista-t-elle, reléguant ses souvenirs dans un coin de son esprit. Je cherche l'absolu, ce qui ne peut être nié. En théorie, cette approche permet de mieux contrôler sa vie.

— Et en pratique ?

— Pas très concluant.

Il hocha la tête.

— Je suis d'accord. Surtout après les récents événements.

— Aurions-nous un point commun ?

— Est-ce si étonnant ? Notre perspective est la même. Noir ou blanc. Oui ou non.

Chloé contempla Aden, partagée entre amour et désarroi.

— Ce n'est plus aussi simple...

Sayid détourna le regard. L'instant de complicité entre eux était rompu.

— J'ai fait engager deux autres nourrices, annonça-t-il. L'une prendra le relais la nuit. L'autre vous secondera pendant que vous étudiez.

— Et moi, je serai le sein nourricier. Que sommes-nous, l'équipe de choc du futur roi ?

Un éclair amusé traversa les yeux du cheikh.

— Tous les princes possèdent une garde rapprochée, non ?

Soudain, elle se sentit submergée par l'énormité de la tâche qui attendait le petit garçon. Orphelin ou non, son avenir était tout tracé. Aden, comme l'avait souligné Sayid, était né pour régner. C'était si injuste ! Pourquoi les attentes de toute une nation reposaient-elles sur les épaules d'un bébé ?

— Ne pouvez-vous régner à sa place ? murmura-t-elle.

Le regard de Sayid s'assombrit.

— Je ne suis pas destiné à gouverner Attar.

— C'est pourtant ce que vous faites, en attendant la majorité d'Aden.

— Je ne fais que mon devoir.

— Et cela vous suffit ? rétorqua-t-elle, sans chercher à dissimuler son amertume.

Il la regarda droit dans les yeux. Pour la première fois, elle remarqua le pli soucieux sur son front. Les lignes profondes au coin de sa bouche.

— Attar a besoin d'espoir, dit-il. Je n'ai rien de tel à offrir. La mort me suit comme une ombre, et c'est à mes ennemis que je la destine. Pas à mon peuple.

Sayid parti, elle s'aperçut qu'elle tremblait. Peu à peu, sa tension se relâcha. Mais les mots du cheikh continuaient à résonner dans sa tête. Sinistres. Fatidiques.

Assez! se tança-t-elle. Elle avait assez de problèmes comme cela sans se préoccuper de ceux de Sayid.

De retour dans sa chambre, elle s'installa à son bureau. Les examens approchaient à grands pas. Il était grand temps pour elle de se mettre au travail. Pendant que l'ordinateur démarrait, son regard s'égara vers les jardins, au-delà de la grande porte. Aujourd'hui, sa vie entière avait basculé.

Une fois de plus.

— Cheikh Sayid ?

Malik entra dans la salle à manger, les yeux rivés à ses chaussures. Sayid réprima un juron de frustration. Ce n'était pas son conseiller qu'il attendait, mais Chloé. Une Chloé à coup sûr remontée comme une pendule, car il l'avait convoquée à dîner et un ordre du cheikh ne se discutait pas.

— C'est au sujet de la conférence de presse de demain, commença Malik.

— Eh bien ? grogna Sayid avec humeur.

Il n'avait pas envie d'en discuter. Son programme de la soirée était simple : dîner avec Chloé, suivi d'une séance de sport intensive, idéale pour s'engourdir l'esprit. Après une journée entière enfermé dans son bureau, il le méritait.

Non… *Il en avait besoin.*

Il se sentait comme en prison. Dans une cellule certes confortable. *Trop*, à vrai dire. Trop opulente, trop animée. Sa tente dans le désert lui manquait. Ou le palais de son enfance, au bord de la mer. Il aimait le calme qui y régnait et la simplicité de ses murs blanchis à la chaux.

Malik persistait à éviter son regard.

— Le peuple est… agité.

— Il ne m'aime pas, résuma Sayid.

— Disons que vous êtes… peu avenant.

— Vraiment ?

Il eut un rire dénué d'humour.

— C'est ce que les gens disent, s'empressa d'ajouter le conseiller.

— Vous aussi ?

Cette fois, Malik, qui avait fidèlement servi Rashid avant lui, soutint son regard.

— Certainement pas !

— C'est sans importance, trancha Sayid. Je ne suis que le régent. Dès l'accession de mon neveu au trône, je reprendrai mes fonctions dans l'ombre.

— Dans seize ans, pointa Malik. Vous ne pouvez pas ignorer cette réalité.

En effet. Et c'était une torture. Le cheikh régnant se devait d'être ouvert, « avenant ». De faire preuve de caractère. La torture physique était plus simple à affronter. Sous les coups d'un fouet, il lui suffisait de laisser la douleur l'envelopper comme une armure. Endurer et survivre, c'était tout ce qu'il savait faire. Mais pas ce qu'on attendait d'un roi.

— Douteriez-vous de mes compétences, Malik ?

— En aucun cas, cheikh Sayid.

— Cela vaut mieux pour vous. Vous pouvez disposer.

Malik hocha la tête et sortit.

Une onde de panique secoua Sayid. Demain, il s'adresserait à un peuple méfiant qui attendait des paroles de réconfort. Un exercice nouveau pour lui. Confié très jeune à son oncle Kalid, il avait été conditionné à appréhender la vie en guerrier. Et à seize ans, il avait été brisé et refaçonné en un homme capable de tout endurer physiquement.

La compassion, la diplomatie, les manières d'un souverain, seul Rashid les avait apprises. Sayid, lui, était une machine de guerre. Une seule faiblesse de sa part, et c'était une jeune fille mariée de force, son bébé arraché à ses entrailles. C'étaient des soldats tués, capturés, torturés. Il était responsable de ces horreurs.

Régner l'obligerait à faire face non plus à des ennemis, mais à son peuple. Transparence et empathie, indispensables à un souverain, ouvriraient une brèche dans ses défenses. Il sentait déjà son âme commencer à se fissurer…

— Je n'apprécie guère que vous planifiiez ma soirée à ma place, tempêta Chloé en entrant dans la salle à manger.

Elle portait une petite robe noire toute simple, pas particulièrement sexy. Mais la façon dont elle moulait ses courbes généreuses la rendait spectaculaire.

— Ne comptez pas sur moi pour vous présenter des excuses. Asseyez-vous.

Il respirait mieux, tout à coup — un effet du départ de Malik, sans doute.

— Si vous vouliez dîner avec moi, il suffisait de m'inviter tout à l'heure, maugréa Chloé en s'approchant de la table.

— Vous vous méprenez, répondit Sayid. Il y a certaines choses dont nous devons discuter. J'ai pensé que ce serait plus pratique autour d'un dîner.

— Oh…

Elle s'installa à l'autre bout de la table.

— Plus près.

Elle se décala d'une chaise.

— Non. En face de moi.

Roulant des yeux exaspérés, elle fit ce qu'il demandait.

— De quoi souhaitiez-vous parler ?

— Vous êtes officiellement la nourrice d'Aden. Par souci de crédibilité, vous serez donc rémunérée.

— Je ne veux pas de votre argent, grinça-t-elle.

— Vraiment ? C'est donc par choix que vous vivez dans un deux-pièces miteux ?

— Je…

— Vous avez besoin d'argent. Inutile de le nier, la coupa-t-il. Vous avez dit vous-même que c'était l'une des raisons qui vous avait poussée à accepter d'être mère porteuse.

— Peut-être. Mais si je suis venue à Attar, c'est uniquement pour Aden.

— Vos fonctions au palais vous interdisent d'occuper un autre emploi. Il est donc naturel que vous soyez payée pour vos services.

Ces mots parurent indigner la jeune femme. Décidément, il ne la comprenait pas. Elle n'était pas la mère d'Aden, ni ne se revendiquait comme telle. Pourtant, elle répugnait à se séparer du bébé. Et voilà qu'elle refusait un salaire pour s'occuper de lui !

— L'argent sera déposé sur un compte à votre nom, que vous le vouliez ou non.

C'était nécessaire, pour les apparences mais aussi pour lui. Il avait besoin de la ranger dans une case précise.

— Vous êtes toujours aussi autoritaire ? grommela-t-elle.

— C'est ma plus grande qualité.

— Je n'ose imaginer vos défauts…

— Je ne fais que mon devoir, Chloé.

— Très bien. Ouvrez-moi un compte.

— Vous n'avez aucune intention d'y toucher, n'est-ce pas ?

— Je hais les hommes comme vous, lâcha-t-elle. Vous vous imaginez que votre statut et vos muscles vous donnent tout pouvoir sur les femmes…

Elle se leva. Elle tremblait de la tête aux pieds. Sayid ignorait ce qui l'avait mise dans un tel état, mais il devinait une raison plus profonde que cette simple histoire de dîner et de salaire.

— Vous ne m'impressionnez pas, vous savez. Vous n'êtes qu'un…

— Un homme soucieux de protéger sa famille ? acheva-t-il, sarcastique.

— Un animal, gouverné par ses pulsions, corrigea-t-elle avec venin.

Une brusque colère envahit Sayid. Cette réaction ne lui ressemblait pas. Mais les mots de Chloé avaient touché un point sensible et le blessaient dans son orgueil. Lui, un animal ? Encore faudrait-il qu'il agisse par instinct, guidé par ses émotions. Or il ne possédait ni l'un, ni l'autre. Un vide immense l'habitait, que rien ne semblait pouvoir combler. Il chancelait au bord d'un précipice sans fond…

A son tour, il se leva.

— Un animal ? C'est ainsi que vous me voyez ?

— Vous m'avez attirée dans votre tanière !

— Vous êtes venue de votre plein gré.

Lentement, il contourna la table, effleurant chaque chaise sur son passage.

Chloé bouillait intérieurement. Depuis des semaines, elle vivait repliée sur elle-même, assommée par le choc. Aujourd'hui, le trop-plein d'émotions menaçait de la submerger. Impossible de contenir plus longtemps ce qu'elle avait sur le cœur. Et son exutoire était tout trouvé.

— Vous étiez prêt à m'arracher Aden des bras ! s'emporta-t-elle.

— Vous l'arracher des bras ? N'est-ce pas exagéré ?

Il n'aurait pas hésité une seconde. Elle en était convaincue.

— Je ne pouvais pas vous laisser faire…

— La place d'Aden est à Attar. Son avenir ne vous concerne pas. Vous n'étiez que le réceptacle, rien de plus.

Chloé détestait la violence. Il n'y avait qu'un homme qu'elle avait eu envie de frapper : son père. Elle s'était retenue, par peur des représailles. Aujourd'hui, elle se moquait des conséquences. Elle allait coller son poing dans la figure de Sayid ! Lui faire mal autant qu'il l'avait blessée par ses mots. Même s'il exprimait la stricte vérité…

Elle avait porté Aden dans son ventre. L'avait mis au monde. Mais à Attar, rien de cela ne comptait. Il était son neveu, pas son fils biologique. Elle n'avait aucun droit sur lui. Une réalité assez douloureuse comme cela sans l'entendre de la bouche de ce rustre de Sayid !

Instinctivement, elle brandit le poing. Mais, rapide comme l'éclair, il lui plia le bras dans le dos et la plaqua contre lui.

— Que pensiez-vous faire ? gronda-t-il.

Sa poigne était ferme sans lui faire mal. Il la tenait immobilisée sans paraître déployer la moindre force, ce qui redoubla la colère de Chloé.

— Je vous aurais cassé le nez !

— Il faut bien plus que cela pour me faire souffrir, rétorqua le cheikh. Vous ignorez ce que j'ai enduré…

Quand il chevilla son regard au sien, Chloé sentit une douce chaleur l'envahir. L'odeur de Sayid lui titillait les narines. Une odeur de bois de santal…

Pas vraiment celle qu'elle associait à la gent masculine. Son père sentait la sueur, l'alcool et le tabac. Le sang aussi, parfois. Adulte, les seuls hommes qu'elle avait approchés d'assez près étaient ceux avec qui elle partageait un microscope. Et ils sentaient généralement les produits chimiques.

— Si je vous libère, vous promettez de rentrer les griffes ?

— Seulement si vous surveillez vos paroles, rétorqua-t-elle.

— Dans ce cas, je crains que nous ne soyons dans une impasse.

— Vous faites un piètre diplomate…

— Il paraît, admit-il, la mine sombre.

— Je n'aime pas votre attitude. Pas du tout.

— Je ne cherche pas à vous blesser, Chloé. Mais ne comptez pas sur moi pour embellir la réalité. Cette situation n'est simple pour personne.

Il la libéra et recula d'un pas.

— Notre rôle est de veiller sur Aden. Son épanouissement est tout ce qui importe.

Le cœur de Chloé battait la chamade. Elle effleura son bras, là où les doigts de Sayid l'avaient enserré. Il lui semblait qu'un feu brûlait sous sa peau, au cœur même de sa chair. Comment était-ce possible ? Jamais encore elle n'avait éprouvé pareille sensation…

— Je suis d'accord, convint-elle, d'une voix qui masquait mal son trouble.

— Fini de monter sur vos grands chevaux ?

— Seulement si vous faites un effort de votre côté.

— Pardon ?

— Vous êtes un mufle. Non, pire. Un butor arrogant…

— Personne ne me parle ainsi, la coupa Sayid.

Son ton était ferme, mais pas menaçant. Il ne faisait qu'énoncer un fait, qui, d'ailleurs, n'étonnait nullement Chloé. Le défier lui procurait une grisante sensation de pouvoir. A moins qu'il ne s'agisse d'un mécanisme de défense ? La colère était une émotion plus sûre que l'étrange élan qui la poussait vers lui…

— Vos manières sont déplorables, attaqua-t-elle de plus

belle. A croire que vous ne fréquentez jamais la société civilisée…

— Rarement.

Elle croisa les bras sur sa poitrine.

— Cela se voit.

— La discussion est close, déclara Sayid.

— Qu'en est-il du dîner ?

— Je prendrai le mien dans mes appartements. Ou dans une prison ennemie. Les deux sont préférables à votre compagnie.

— Espèce de…

— Votre compte sera ouvert dès demain, l'interrompit-il. Un salaire généreux y sera versé chaque mois. En ce qui concerne la conférence de presse de demain…

Une brusque tension lui noua les muscles.

— Seul un groupe restreint de journalistes munis d'accréditations spéciales sera autorisé à voir le prince. La rencontre aura lieu dans la salle de réunion du palais. Vous tiendrez Aden dans vos bras, mais ne parlerez pas.

— Je ne parlerai pas ? répéta Chloé, incrédule.

— Personne ne vous questionnera sur la théorie des cordes. Ce ne devrait donc pas être difficile. Vous pouvez disposer.

— Je peux… *disposer* ?

— Vous comptez répéter tout ce que je dis ?

— Vous venez de me renvoyer comme une domestique !

— Vous n'aviez aucune envie de dîner avec moi. De quoi vous plaignez-vous ?

— C'est incroyable…

Elle lui fit face, les poings sur les hanches.

— M'autorisez-vous au moins à dîner dans ma chambre ?

— Non. Au pain et à l'eau, répondit le cheikh, pince-sans-rire. Nous autres, gens du désert, sommes des barbares, c'est bien connu.

L'atmosphère était électrique. Il semblait à Chloé voir des étincelles crépiter autour eux. C'était comme si un courant les reliait et irradiait dans tout son être. Si au moins elle parvenait à détourner les yeux des siens…

— Soyez sérieux.

— Je suis *toujours* sérieux. Méfiez-vous, ou vous risquez de finir enchaînée à mon lit.

Cette image la glaça. Elle se vit menottée au lit, le corps musclé de Sayid penché au-dessus d'elle. L'incarnation du pouvoir absolu. Et elle, impuissante, à la merci de cet homme dépourvu de tendresse…

Un accès de terreur la tira de sa transe.

— Vous êtes ignoble.

— Peut-être, répondit-il, impassible. Vous ne seriez pas la première à m'insulter.

— Et cela ne vous fait rien ?

— Pourquoi m'en soucierais-je ? Mon rôle est de protéger mon peuple coûte que coûte, pas de gagner les faveurs de l'opinion publique. Mon image n'a aucune valeur.

— Mais vous êtes le souverain, désormais. Votre rôle a changé, objecta Chloé.

Le regard du cheikh se fit glacial.

— Je ne suis que régent. Sitôt Aden majeur, je lui rendrai son trône.

— Et lui, y avez-vous pensé ? Vous êtes son oncle. Le soutiendrez-vous ?

Une ombre passa sur le visage de Sayid.

— Le mieux pour lui est que je garde mes distances. Et c'est exactement mon intention.

4.

— Comment pouviez-vous ignorer que le prince était en vie ?

Une sueur froide perlait au front de Sayid. Combien de fois avait-il regardé la mort en face ? Combien de soldats armés jusqu'aux dents, de champs de bataille truffés de mines, avait-il affrontés sans éprouver ni peur, ni hésitation ? Pourtant, face à cet océan de visages, il sentait son armure se craqueler dangereusement. Quelle ironie !

Il n'avait rien d'un orateur. L'éloquence n'était pas son fort. Mais ces reporters attendaient de lui une explication convaincante.

— La mort de mon frère et de son épouse a été un choc, annonça-t-il. Dans la confusion générale, nous n'avons appris que tardivement que la cheikha avait survécu assez longtemps pour accoucher.

— Cette jeune femme est-elle la nourrice ?

— En effet.

Il garda les yeux rivés devant lui. Pas question de se laisser distraire par Chloé, ni le bébé dans ses bras.

— Chloé James n'a fait que suivre les instructions : protéger l'héritier d'Attar.

— Une véritable héroïne ! s'exclama une journaliste avec enthousiasme.

Sayid hocha la tête, tandis que les rouages de son cerveau s'activaient à toute allure. Ce n'était pas dans son script. Que répondre ? Que voulaient-ils entendre ?

— Oui, Chloé a protégé l'enfant aux mépris de sa propre sécurité. C'est effectivement un acte héroïque.

— Quand le prince sera-t-il en mesure d'accéder au trône ? questionna un autre reporter.

Sayid sentit une bouffée d'hostilité l'envahir. Que n'aurait-il donné pour retrouver le désert, sa liberté, sa chaleur purificatrice ! Là-bas, on était seul face à soi-même, dépouillé de tout le superflu. Ici, les murs se refermaient sur lui et l'étouffaient...

— Le prince régnera à sa majorité.

— D'ici là, c'est donc vous qui assumerez la direction du pays ? demanda un journaliste connu pour ses positions antigouvernementales.

— Il n'y a personne d'autre, répondit-il d'un ton laconique.

Un silence pesant accueillit cette déclaration.

— S'il n'y a plus de questions, je propose d'en rester là.

Se levant aussitôt, il quitta l'estrade et entraîna Chloé et le bébé hors de la salle. Le calme de la jeune femme l'agaçait. Comment pouvait-elle être aussi sereine ? Pour sa part, cette maudite conférence de presse lui avait mis les nerfs à vif !

— L'équipe de sécurité retient les journalistes le temps que nous nous éclipsions. Personne ne doit savoir dans quelle aile du palais nous nous dirigeons.

— Vous vous y connaissez en mesure de protection, observa-t-elle.

— Et votre maîtrise des molécules est stupéfiante. Vous en avez beaucoup, des remarques pertinentes de ce genre ?

Elle parut froissée.

— C'était un compliment.

— Peu m'importent vos éloges ou vos insultes.

— Je... Vous...

L'étincelle de colère dans ses yeux bleus lui procura une vive satisfaction.

— Vous n'êtes qu'un pauvre type !

— Je vous l'ai dit, Chloé. Je me moque de vos insultes. Rien de ce que vous direz ne changera l'homme que je suis.

Une ombre indéfinissable passa dans son regard. Tout compte fait, il préférait son calme d'avant…

— Je retourne étudier, murmura-t-elle.

— Et Malik m'attend avec une pile de papiers à signer, dit Sayid. Mon embarras l'amuse, je crois.

— Nous revoyons-nous plus tard ?

— Négatif. J'ai un emploi du temps surchargé. Ma présence vous est-elle indispensable ?

— Négatif, ironisa-t-elle.

— Bien.

Il tourna les talons et s'éloigna, de Chloé et ses grands yeux limpides, du bébé qu'elle serrait dans ses bras. Retour au bureau — le tombeau des vivants. Le poids sur sa poitrine s'alourdissait à chaque pas qui l'en rapprochait. Le palais était préférable à une prison, avait-il déclaré.

Aujourd'hui, il n'en était plus si sûr.

— Déjà ? Mais vous m'aviez promis un répit !

Chloé était à son bureau, une paire de lunettes sur le nez, sa crinière rousse nouée en un chignon lâche.

Sayid fronça les sourcils.

— Un répit ?

— Sans vous. Je veux dire… Je travaille, là.

Elle reporta les yeux sur son écran. Mais son brusque fard n'avait pas échappé à Sayid. Son corps réagit au quart de tour. *Le traître…*

Chloé James avait beau être adorable quand elle rougissait, un seul de ses regards venimeux suffirait à calmer ses ardeurs s'il tentait une approche. Etrange, car son discours spirituel dénotait une vive intelligence doublée d'un indéniable sens de l'humour. Mais qu'il dépasse une certaine limite, et elle se muait en tigresse féroce ! Comme lorsqu'elle avait essayé de le frapper. Le souvenir de son corps doux pressé contre le sien lui revint à la mémoire…

Non. Il n'était pas censé ressentir quoi que ce soit pour elle. En fait, il n'était rien censé ressentir *du tout*. Mais l'épreuve de la conférence de presse avait affaibli ses défenses. Une armure impénétrable, un mental d'acier constituaient ses meilleures armes sur un champ de bataille. Mais pas face aux journalistes. Pas lorsqu'il s'adressait à son peuple. Les gros titres n'étaient pas tendres avec lui : il manquait d'empathie, de charisme.

Comment endosser son nouveau rôle sans renoncer à ce que son oncle lui avait appris ? A ces réflexes instillés en lui et qu'il tenait pour vitaux ?

— Désolé, dit-il d'un ton qui suggérait le contraire. Des célébrations ont lieu dans les rues en votre honneur et celui d'Aden.

Elle le regarda par-dessus ses lunettes.

— En *mon* honneur ?

— Oui.

Pas le sien. Chloé était l'héroïne qu'ils attendaient. Leur premier rayon d'espoir depuis la mort de Rashid et sa propre accession au trône.

— Vous avez protégé leur prince, et donc leur pays. Vous êtes leur sauveuse.

— Je ne suis la sauveuse de personne ! protesta la jeune femme. Ce n'est qu'une affabulation de votre cru !

— Vraiment ?

La colère dans ses yeux bleus s'était muée en vulnérabilité. Quelle femme étrange, songea-t-il. Il y avait chez elle un intrigant mélange de force et de douceur…

— Bien sûr ! s'exclama-t-elle. A vous entendre, j'aurais arraché Aden aux griffes de la mort. Et bien sûr, la presse vous a cru…

— Vous l'avez caché par crainte pour sa sécurité. Le fond de l'histoire reste le même.

— J'ai agi sous le choc plus qu'autre chose.

— Et par peur de moi.

Elle s'étira en cambrant les reins. L'attention de Sayid fut aussitôt distraite par ses seins ronds et fermes qui tendaient le tissu de son haut. Impossible d'en détacher les yeux. Il aimait les femmes, et plus encore le sexe. Mais il savait brider son désir, qu'il n'assouvissait qu'avec des partenaires appropriées. Ce que n'était pas Chloé James. Et pourtant, il peinait à s'arracher au spectacle des deux tétons visibles sous le coton léger.

La jeune femme déglutit, et il eut envie de poser les lèvres sur le point de sa gorge où battait son pouls. De goûter à sa peau délicate…

— Comment m'en blâmer ? rétorqua-t-elle, dissipant sa rêverie. La soif de pouvoir, vous l'avez dit vous-même, pousse aux pires atrocités.

— Peut-être. Mais ce pouvoir-là…

Il eut un geste vague englobant le palais.

— Ce n'est pas celui auquel j'aspire.

— Et à quoi aspirez-vous ?

— A rien. Je n'ai aucun désir.

Même si son corps affirmait le contraire…

— C'est impossible, objecta Chloé. Tout le monde désire quelque chose.

— Je suis au-dessus de cela.

De nouveau, son regard s'égara vers les courbes appétissantes de la jeune femme. Il y avait des mois qu'il n'avait plus été avec une femme, et les effets commençaient à s'en faire ressentir. Mais le moment autant que la personne étaient mal choisis pour y remédier. C'était comme si le soleil d'Attar s'était infiltré sous sa peau pour l'embraser de l'intérieur. Il devait à tout prix surmonter ce désir qui menaçait de prendre le contrôle de son corps.

— Vous avez une haute opinion de vous-même, commenta la jeune femme.

— Je suis un cheikh, répondit Sayid. Ma naissance et mon statut me confèrent un certain pouvoir. Ce que j'exige, je l'obtiens.

Un pur mensonge. Depuis toujours, ce qu'il exigeait se conformait aux attentes de son oncle. Tout le reste lui était impitoyablement nié ou arraché. Cette manœuvre avait pour but de le dépouiller de toute arrogance royale. Mis à nu, il n'était qu'un homme comme les autres, sans autres défenses que les siennes propres. Peu à peu, il avait érigé une forteresse autour de ses émotions. Les leçons de son oncle lui servaient de bouclier contre quiconque cherchait à le briser.

— J'incarne l'autorité suprême, conclut-il, d'un ton qui ne souffrait aucune contestation.

Le regard de Chloé se fit glacial.

— Je vois. Y a-t-il autre chose que je puisse faire pour vous ?

Il réprima une réaction purement masculine aux paroles de la jeune femme.

— Non. Considérez ma visite comme une invitation aux festivités.

Sans surprise, l'« invitation » équivalait à un ordre. Chloé confia donc Aden à ses deux nourrices, avant d'enfiler la seule robe qui lui allait encore.

En d'autres circonstances, un tour en limousine l'eût ravie. Mais elle n'appréciait guère d'y être contrainte, et l'espace confiné de l'habitacle la mettait mal à l'aise. Le fait qu'elle se sente à l'étroit dans cette voiture ultra-spacieuse en disait long sur le trouble dans lequel la plongeait Sayid. C'était tout ce pouvoir dont il jouissait sans vergogne. Il semblait si parfaitement à l'aise. Non…

Il en avait besoin.

Jusqu'où irait-il si ce pouvoir était menacé ?

Jusqu'à frapper plus faible que lui ?

Le puiserait-il dans les supplications d'une femme ? Dans la satisfaction de tenir sa vie entre ses mains ?

Bien sûr, tous les hommes n'étaient pas comme son père. Mais ceux qui affichaient leur goût du pouvoir et de la domination éveillaient sa méfiance. Sayid ne faisait pas exception. Elle avait l'estomac noué en sa présence et peinait à respirer. Son corps la mettait en garde, cela ne faisait aucun doute.

— Regardez : l'espoir de mon peuple…, murmura Sayid.

La douceur de son ton la surprit. Elle jeta un œil par la vitre. Une foule de gens se pressaient dans les rues, des fleurs dans les mains. A la mémoire du cheikh et de sa femme. En offrande au jeune prince. Sur leurs visages graves se reflétait un profond attachement à leur pays.

— Oui, souffla-t-elle, la gorge serrée.

Beaucoup agitaient la main à leur passage, sans que Sayid les salue en retour. Toutefois, il ne la réprimanda pas non plus lorsqu'elle baissa sa vitre. A peine passait-elle la main dehors qu'un tonnerre d'acclamations monta de la foule. Le peuple attari souriait et la saluait. A l'humeur solennelle succédait peu à peu une atmosphère de fête.

Chloé interrogea Sayid du regard.

— Ils vous aiment, expliqua-t-il. Vous avez sauvé leur futur souverain.

— Etrange d'être aimée pour quelque chose que l'on n'a pas fait…

— Vous l'avez mis au monde. Il vous doit la vie.

— Cela aurait tout aussi bien pu être quelqu'un d'autre…

— Mais c'était vous.

Oui, songea Chloé. Et ce choix la détruisait à petit feu.

Quelques mois plus tôt, son avenir semblait tout tracé. Etre appelée « professeur Chloé James » constituait pour elle le plus gratifiant des aboutissements. Elle s'imaginait devant sa classe, et cette image la comblait. C'est ainsi qu'elle envisageait sa vie : enseigner sa passion, continuer à étudier pour le plaisir, à démontrer ou infirmer de nouvelles théories. Une existence simple, tout entière dédiée à la science.

A présent, cette vie impliquait qu'elle renonce à Aden. Une perspective qui lui lacérait le cœur, tout comme celle d'abandonner son rêve. Elle était prise entre deux mondes, entre deux désirs inconciliables.

Bien sûr, elle ne pouvait vivre éternellement à Attar. Son rêve restait donc accessible. Un rêve auquel elle s'accrochait depuis ses treize ans, mais qui était désormais synonyme de sacrifice plus que d'épanouissement. Aden l'avait changée, et elle détestait cela. Non qu'elle gardât rancune à l'enfant. C'est à Sayid qu'elle en voulait.

— Les gens ont besoin d'un symbole, dit-il avec gravité.

Je ne suis pas celui qu'ils attendent. Je ne leur apporte aucun espoir. Vous si.

— C'est plutôt Aden…

— Aden, oui. Mais vous aussi. C'est vous qui avez sauvé leur souverain. Vous qui avez risqué mon courroux légendaire.

— J'ignorais alors le prix à payer, murmura-t-elle.

Sayid la rabroua.

— N'en valait-il pas la peine ?

La colère envahit Chloé. De quel droit la jugeait-il, du haut de son piédestal ? Elle perdait rarement son sang-froid, mais il avait le don de l'excéder. Après des semaines de lutte solitaire, c'était la goutte d'eau qui faisait déborder le vase.

— Vous… Espèce de…

Elle remonta prestement sa vitre.

— Vous vous croyez si supérieur… Vous débarquez chez moi et faites votre loi. Vous nous manipulez, Aden et moi, comme des pions sur un échiquier. Mais sous vos airs tout-puissants, vous n'êtes qu'une coquille vide, incapable d'émotion. Alors bien sûr, c'est facile pour vous ! Mais moi, j'ai un cœur ! Tout est plus confus et mille fois plus douloureux pour moi. J'ignore ce que je veux. J'ignore même ce que je suis censée ressentir… Et vous prétendriez le savoir à ma place ?

Les larmes lui brûlaient les paupières. Bravement, elle les ravala. Pas question de pleurer devant lui.

Sayid se contentait de la fixer, le visage vide d'expression. On eût dit une statue plus qu'un homme de chair et de sang.

— Facile ? dit-il enfin. Vous croyez que c'est facile ? Regardez-les, Chloé. Quand ils ne me craignent pas, ils ont honte d'avoir un homme de guerre comme souverain. Qu'y a-t-il de facile là-dedans ?

— Vous semblez toujours si calme…

— Cela fait partie de mon entraînement.

Il y eut un bref silence.

— Vous vous trompez sur un autre point.

— Lequel ?

— Aden n'est pas un pion. Il est mon roi. Je ferai tout ce qui est en mon pouvoir pour le protéger.

— Et moi ? demanda Chloé.

— Sur l'échiquier, seul le roi doit survivre…

Son regard happa le sien, intense, effrayant.

— Quitte à sacrifier les autres pièces.

5.

L'avertissement n'était pas tombé dans l'oreille d'une sourde. Par chance, Sayid parut se volatiliser du palais les semaines suivantes, au vif soulagement de Chloé.

Elle n'était qu'un pion, pour lui. Au moindre effluve de scandale, il la réexpédierait aussitôt à Portland. Or, elle n'était pas encore prête à se séparer d'Aden. Elle voulait profiter pleinement des quelques mois qu'il leur restait ensemble. En graver chaque instant dans sa mémoire pour les chérir, plus tard.

Toujours.

Elle ferma les yeux et s'imagina devant sa classe, remplie d'étudiants avides d'apprendre. Leur transmettre son savoir serait un bonheur de chaque jour. Mais un bonheur entaché par son inquiétude pour Aden. Qui s'occupait de lui ? Le berçait-on lorsqu'il pleurait ? Grandissait-il entouré d'amour ?

Délaissant son ordinateur, elle passa dans la chambre du bébé. Elle hésitait à le réveiller alors qu'il dormait si paisiblement. Mais la perspective d'être séparée de lui par des milliers de kilomètres était trop oppressante. Elle avait besoin de contact. De réaffirmer ce lien qui n'avait cessé de grandir depuis le jour où elle l'avait senti bouger dans son ventre pour la première fois.

Enceinte, jamais elle ne l'avait considéré comme son enfant. Ce qui la fascinait, c'était le processus biologique. Le développement du fœtus selon un schéma miraculeux de précision. Et ce miracle avait lieu dans son propre corps !

Puis Aden était né, et elle n'avait plus songé qu'à leur survie. Un lien forgé dans l'adversité…

Aujourd'hui, ce lien prenait encore une nouvelle forme. Il lui suffisait de penser à Aden pour qu'une émotion intense lui noue la gorge et gagne tous ses membres. Pourquoi ? Elle ne voyait aucune explication rationnelle. Biologiquement, rien ne la liait à Aden. Pourtant, son corps comme son cœur faisaient la sourde oreille…

Mais pas sa raison. Aden n'était pas son fils, c'était un fait. Cette parenthèse à Attar n'avait aucune raison d'être. Par conséquent, revenir à ses études et tenter d'atteindre son idéal professionnel ne constituait-il pas la meilleure décision ?

Elle prit Aden dans ses bras, et ses pleurs lui transpercèrent le cœur. C'est vrai, que savait-elle des relations mère-enfant ? Rien. Elle n'était même pas la mère d'Aden !

Et cependant la seule qu'il connaîtrait jamais…

Sayid ne remplacerait jamais une figure maternelle. De son oncle, Aden ne recevrait ni tendresse, ni réconfort. Le petit garçon grandirait sans famille, élevé par des employés payés pour cela. Cette pensée la glaça. Quelque chose céda en elle, dans ce repli secret de son être affranchi du royaume de la raison.

Cela n'arriverait pas.

Sacrifier ses rêves et sa vie à Portland lui déchirait le cœur. Mais elle en était capable.

Renoncer à Aden était au-dessus de ses forces.

— Il faut que nous parlions.

Sayid leva les yeux. Chloé se tenait dans l'encadrement de la porte, en pantalon noir et chemisier blanc complétés par une veste cintrée. Le chemisier menaçait de craquer au niveau du buste ; quant à la veste, elle était restée déboutonnée. Une nouvelle garde-robe s'imposait. Il avait été trop pris par son travail pour songer à lui envoyer son tailleur — quand il ne cherchait pas purement et simplement à l'éviter.

— N'avez-vous pas chaud dans cette tenue ?

— Si, dit-elle en s'essuyant le front. Mais elle est parfaite pour une entrevue.

— Vous ne manquez pas d'audace pour exiger une entrevue avec le cheikh. Manque de chance, je suis occupé.

— C'est au sujet du prince.

Son ton glacial aurait gelé le désert. Etrangement, cela l'excita. D'où lui venait cette attirance viscérale pour Chloé ? Il ne se l'expliquait pas. Il aimait les femmes dociles et malléables. Des femmes qui n'attendaient de lui que quelques heures de plaisir, rien de plus. Le sexe était une routine, pour lui. Un besoin parmi d'autres qu'il veillait à satisfaire. Pas ce feu lancinant qui s'insinuait entre ses défenses déjà fragilisées.

— Parlez, mais soyez brève.

— Le délai de six mois ne me convient plus, annonça-t-elle à brûle-pourpoint.

Le désir de Sayid se mua en colère, comme si le tumulte en lui cherchait une échappatoire. Pourquoi cette annonce le rendait-elle aussi furieux ? Tout était en place pour la prise en charge d'Aden. Chloé n'était qu'un ajout de dernière minute. Populaire auprès des sujets du royaume, certes, mais superflu. Aden n'avait pas besoin d'elle et lui non plus. Pourtant, l'idée qu'elle envisage d'abandonner son enfant…

Non. Celui de Rashid et Tamara. Chloé n'avait aucune raison de rester au palais. Il ferait mieux de ne pas l'oublier.

— Etudes et baby-sitting seraient-ils devenus inconciliables ? s'enquit-il avec un calme forcé.

— Pas du tout, répondit-elle.

Cette réponse le surprit.

— Je ne m'opposerai pas à votre volonté, Chloé. C'est vous qui avez souhaité venir à Attar. Libre à vous d'en repartir. Aden ne manquera de rien et ne tardera pas à vous oublier.

— C'est ce que vous pensez ?

— En effet. Dois-je faire préparer le jet privé ? ajouta-t-il en reportant son attention sur ses dossiers.

— Vous m'avez mal comprise. Je voulais dire que six mois n'étaient plus suffisants.

— Combien de temps vous faut-il ?

Il entendit la jeune femme prendre une profonde inspiration.

— Ce ne sera *jamais* assez. Peu importe combien de temps vous me donnez. Je croyais qu'en faisant traîner les choses, mes rêves d'avenir me manqueraient. J'y tiens toujours, bien sûr. Sauf que ce n'est pas le plus important, désormais…

Sayid releva les yeux. Sa patience commençait à s'émousser.

— Où voulez-vous en venir ?

— Aden. J'ignore ce que je ressens pour lui, mais une chose est sûre : je ne l'abandonnerai pas. Ni dans six mois, ni jamais. J'ai beau me raisonner, me dire qu'il n'est pas mon fils et que…

— Que suggérez-vous ? la coupa-t-il.

— J'aimerais rester.

— Combien de temps ?

— Hum… pour toujours ?

— Vous comptez rester au palais, à Attar, pour *toujours* ?

— Ce n'est pas l'idéal, je vous l'accorde. Je préfère le climat de Portland. Et puis, il y a l'université, mes amis… Et Dieu, ce que les arbres me manquent ! Mais pas autant qu'Aden si je partais. Donc je reste.

— C'est ce que vous voulez ?

Elle secoua la tête, les yeux baissés sur ses chaussures.

— Je ne sais plus ce que je veux. J'ai passé ma vie à poursuivre un rêve qui, soudain, ne me suffit plus. Tout ce que je sais, c'est que j'ai besoin d'Aden dans ma vie.

— Une nounou qui refuse de se séparer du prince. Comment suis-je censé expliquer cela au monde ? soupira Sayid.

— Oh ! vous savez, les femmes et leur sentimentalisme… Les cheikhs détestent cela, mais le peuple comprendra.

— Ou se méfiera. C'est non.

— Mais pourquoi ? insista Chloé d'une voix implorante.

Sayid contempla la jeune femme. Il lui serait si facile de la briser mentalement… Aussi facile que de briser sa nuque délicate. Elle était trop franche, trop transparente dans ses émotions. Avait-elle conscience du pouvoir que cela donnait à ses ennemis ? Elle venait de révéler sa vulnérabilité à un homme entraîné à exploiter les faiblesses d'autrui. De lui fournir sur un plateau d'argent l'arme qui lui permettrait de la manipuler à sa guise. Il s'en réjouissait autant qu'il craignait pour elle.

Qu'allait-il décider ?

— Vous savez très bien pourquoi, répondit-il d'un ton posé. Il ne s'agit pas seulement de respecter la mémoire de Rashid et Tamara. Le droit d'Aden au trône ne doit jamais être contesté. Pour cela, le test ADN ne suffit pas. A votre avis, que penseraient les citoyens les plus conservateurs s'ils découvraient que vous avez porté l'enfant de la cheikha ? Aden serait perçu comme illégitime ou comme le fruit d'un procédé contre nature. Sa position s'en trouverait irrémédiablement compromise. Je ne peux pas prendre ce risque.

— Protéger le roi coûte que coûte…, murmura la jeune femme.

— Quitte à sacrifier le reste.

Chloé se sentait vide, détachée de son corps, comme si elle flottait au-dessus de la scène au lieu de la vivre.

— Il doit bien y avoir une solution…

— Notre accord stipulait six mois, trancha Sayid. Au-delà, je ne peux rien garantir.

— Je comprends, s'entendit-elle répondre malgré sa gorge nouée.

— Mon intention n'est pas de vous blesser, Chloé. C'est à Aden, que je pense. A Attar.

— Moi aussi, je pense à Aden.

— Dans un sens, oui. Mais assurer son avenir en tant que souverain est plus essentiel que le border la nuit.

La mère de Chloé, trop accaparée par le mari qui la maltraitait, n'avait jamais pris le temps de s'occuper d'elle. Quant à son père, elle avait appris très tôt à l'éviter, guidée par son instinct de survie qui détectait le danger en lui. Son esprit était devenu son refuge, une source de réconfort plus sûre que son propre foyer. Mais l'attention de ses parents, un geste d'affection… Oui, c'était certainement essentiel pour un enfant. Merveilleux, même.

— La vie ne se résume pas à un devoir, fit-elle valoir.

— Pour le souverain, si. L'avenir de millions d'individus dépend de lui, *habibti*. Il est à la fois la personne la plus importante et la plus négligeable, car son bonheur passe après celui de son peuple.

Le ventre de Chloé se noua.

— Ce n'est pas ce que je veux pour Aden.

— C'est son destin et son devoir, l'interrompit Sayid.

— Je sais…

— Alors ne vous en mêlez pas.

Il se replongea dans ses dossiers. A l'évidence, la discussion était close. *Pour l'instant*, décida Chloé. Elle n'avait aucune intention de renoncer. Rester à Attar avec Aden était la bonne décision, elle en était convaincue. Le refus de Sayid ne faisait que la conforter dans cette certitude. Or, la persévérance était sa plus grande qualité.

Même au plus fort du chaos, elle gardait la tête froide. A l'école, ses notes étaient toujours restées excellentes malgré sa situation familiale instable. Elle avait appris à en faire abstraction, à développer son intellect de manière à contourner les obstacles. Les seules vérités absolues appartenaient à la science : le reste était ouvert à négociation.

Elle tourna les talons et quitta le bureau de Sayid. Oh ! elle n'en avait pas terminé avec lui. Un plan infaillible ne tarderait pas à germer dans son esprit. Un raisonnement à toute épreuve, que même le grand Sayid al-Kadar serait impuissant à contester.

Elle allait lui prouver qu'elle n'était pas une marionnette qu'on manipulait à sa guise.

Suite à sa confrontation avec Chloé, Sayid avait passé en revue tous les articles de presse parus autour d'Aden et des circonstances de sa naissance. Ceux le concernant, aussi, qui mettaient en question sa capacité à gouverner autrement que par la force. Chloé James, elle, était présentée comme une héroïne. Elle était celle qui avait risqué les foudres du cheikh pour protéger l'héritier miraculeux.

Sur l'éducation d'Aden, les spéculations allaient bon train. La rumeur — fondée — évoquait une armada d'employés chargés d'élever le prince. Le peuple s'inquiétait de l'influence de Sayid en tant qu'oncle et régent. Manifesterait-il à l'égard de son neveu la même froideur qu'il opposait aux médias ? Sayid représentait la puissance d'Attar, son insoumission à l'ennemi. Cette image était profondément ancrée dans l'imaginaire collectif, à tel point que son propre peuple le craignait. Pour leur prince bien-aimé, les médias rêvaient d'une famille. D'un foyer qui comblerait le vide laissé par Rashid et Tamara. Cela, Sayid n'était pas capable de le lui offrir.

Mais Chloé, si.

Oh ! elle n'avait guère la fibre maternelle, cela se voyait tout de suite. Une lacune compensée par un instinct protecteur farouche, tel qu'il n'en avait jamais rencontré chez quiconque. La nation, de surcroît, la considérait comme la sauveuse du prince et, par extension, la leur.

Pour Sayid, perdre son frère avait été un coup dur. Moins, cependant, qu'être propulsé sur le trône du jour au lendemain. Le bruit de son incompétence courait jusque dans les couloirs du palais. Il était trop sévère, chuchotait-on. Trop intransigeant. Ses années passées loin du palais, son vécu de prisonnier de guerre, avaient laissé trop de séquelles.

Le devoir du fils cadet était de servir le pays. En tant que soldat, mais aussi en tant que tacticien. On l'exilait afin qu'il cultive la force et la dureté nécessaires à sa fonction. Un fils cadet ne connaissait ni tendresse, ni affection. L'empathie, qualité indispensable à un souverain, était signe de faiblesse chez un guerrier.

C'était son oncle, lui-même fils cadet, qui avait élevé Sayid. Kalid avait traversé de nombreuses guerres, survécu à d'indicibles horreurs. D'autres que lui auraient perdu la raison. Mais pas Kalid, et il avait veillé à ce que son neveu marche dans ses traces.

« Tu es un symbole, Sayid. Un idéal. Le pays a foi en toi. Si tu échoues, tu l'entraînes dans ta chute. »

Alors il était devenu ce symbole, cet idéal, perdant au passage son humanité. Cela ne l'affectait plus. Et pour cause : il était incapable de sentiments. Kalid avait eu soin d'écraser cette ultime faiblesse, de la manière la plus cruelle qui soit. Mais ce faisant, il l'avait mis face à ses propres failles, l'obligeant à en affronter les conséquences.

« Vois comme ta vulnérabilité te trahit. »

Sayid s'était délesté de toute émotion. Là où pulsaient autrefois amour, empathie, douleur, ne subsistait plus qu'un vide qui les protégeait, lui et le peuple qu'il servait.

Mais Aden était né pour être souverain. Ses obligations, ses *besoins* étaient différents. S'il détestait s'avouer vaincu, Sayid n'était pas homme à se voiler la face : prodiguer amour et soutien émotionnel au futur héritier dépassait ses compétences.

C'est alors que ses yeux tombèrent sur la photo en une d'un journal : lui, Chloé et Aden lors de la conférence de presse. La jeune femme se tenait à sa droite, un peu en retrait, le bébé dans les bras. Exactement comme aurait été positionnée la famille royale. En fait, c'était tout à fait l'image qu'ils renvoyaient…

Celle d'une famille.

Il se mit à réfléchir à toute vitesse. Trouver la réponse à n'importe quel problème était sa façon de protéger son entourage. Il n'avait échoué qu'une fois, et s'était juré que cela ne se reproduirait jamais.

Un sourire flotta sur ses lèvres.

Quelques heures plus tôt, Chloé et son souhait de rester à Attar lui posait un problème.

A présent, elle était la solution.

6.

Sayid examina la pièce avec satisfaction. Des livres de physique et autres sciences occupaient à présent les lourdes étagères de bois. Sur le bureau trônait un ordinateur portable flambant neuf, connecté à un large écran plat. L'espace avait été entièrement repensé et incluait désormais une grande table pour la consultation des volumes. Et, bien sûr, des tableaux blancs, qui étaient la clé de cette manœuvre tactique.

Dans une bataille, la stratégie primait sur la force — que l'ennemi fût un soldat surentraîné ou une jolie rousse à lunettes adepte de la théorie des cordes.

La pièce ainsi réaménagée tranchait avec le décor traditionnel du palais. Ce laboratoire d'études, moderne et pratique, plairait à coup sûr à Chloé. Un moyen de plus de faire pencher la balance de son côté... Car il savait déjà qu'elle accepterait sa proposition. Elle s'était trahie en se montrant prête à tout pour rester à Attar. Suivant la règle d'or du combat, il avait cerné son point faible et s'apprêtait maintenant à l'exploiter.

— Vous vouliez me voir ?

Chloé s'immobilisa sur le seuil et regarda autour d'elle avec méfiance. Son instinct était-il plus affûté qu'il ne l'avait cru ? Tant mieux. La cheikha d'Attar se devait d'être une femme prudente, toujours sur ses gardes — surtout si elle vivait dans le mensonge.

— En effet, dit-il.

— A quel sujet ?

— Votre requête de tout à l'heure.

— Celle que vous avez catégoriquement refusée ?

— J'ai réfléchi.

Elle joignit les mains, dans l'expectative. Elle paraissait pâle et fragile. Mais une détermination farouche brillait dans son regard. Il l'avait sous-estimée. Assimiler son émotivité à de la faiblesse était clairement une erreur. N'avait-elle pas protégé Aden au mépris de sa propre sécurité ? Néanmoins, son attachement au bébé la plaçait à sa merci, et il n'hésiterait pas à en profiter.

— Et… ? demanda-t-elle.

— J'ai changé d'avis.

La stupeur se peignit sur ses traits.

— Vous aviez raison, enchaîna-t-il. Aden a besoin de plus que ce que je puis lui apporter. Je ne changerai pas ses couches, ni ne jouerai au ballon avec lui dans le jardin. Ses gribouillis n'orneront jamais les murs de mon bureau. Je ne vous ferai pas l'injure de prétendre le contraire.

— Est-ce censé me rassurer ?

— Votre aide sera la bienvenue dans l'éducation d'Aden.

Chloé se raccrocha à la chaise la plus proche, les jambes en coton.

— Je… je pense aussi, bégaya-t-elle.

— Je me doutais que vous seriez d'accord.

— Evidemment. C'est moi qui ai suggéré l'idée.

Le regard sombre de Sayid croisa le sien.

— Si on veut. Il n'en reste pas moins que pour préserver le secret d'Aden, certaines mesures s'imposent.

— Quel genre de mesures ?

Le ton de sa voix ne lui inspirait aucune confiance. Quel danger couvait sous ses manières mielleuses ? Un frisson lui parcourut l'échine. De peur, mais pas seulement. Comme si la part d'ombre de Sayid l'attirait malgré elle… Toucher cette flamme noire, c'était risquer de se brûler. Elle le savait mieux que quiconque. C'est pourquoi elle avait toujours évité les hommes et les relations intimes.

— La presse me juge indigne d'élever Aden, continua Sayid. Ni Rashid, ni moi n'avons grandi auprès de nos parents. C'est mon oncle qui m'a élevé, loin du palais. Mais Rashid a épousé une Occidentale. Une femme moderne qui n'a pas hésité à balayer certaines traditions millénaires sans que personne ne s'en attriste.

— Tamara ne se serait jamais séparée d'Aden, affirma Chloé. Elle aurait refusé qu'il soit élevé loin d'elle par de simples employés.

— Précisément.

— C'est aussi pour honorer son vœu que je souhaite rester à Attar…

— Malgré tout le respect et l'admiration que je vouais à ma belle-sœur, ce n'est pas vraiment ce qui me préoccupe.

— Quoi, alors ?

— Avez-vous lu ce qui se dit sur moi ?

— Où donc ?

— Dans la presse. Les informations d'Attar, du monde entier.

— Non.

— On me décrit comme un homme sans cœur, incapable de diplomatie. Un barbare sur le point de transformer ce pays en Etat militaire. Ils me haïssent, Chloé. Comment puis-je régner dans ces conditions ?

— Peut-être qu'en souriant davantage…

Un rictus déforma les lèvres de Sayid.

— Mieux ?

Elle fit la grimace.

— Non. Vous faites encore plus peur.

— Cela ne peut pas continuer ainsi.

— Je croyais que vous vous moquiez de votre image ?

— Mais pas de celle d'Attar. Nous devons à tout prix présenter un front uni à nos ennemis, répondit Sayid. Des dissensions internes affaibliraient le pays. Et croyez-moi, nos voisins n'hésiteront pas à en profiter, trop heureux d'assister à notre chute.

Il parlait avec férocité, ses yeux de jais rivés aux siens.

— Comment comptez-vous remédier au problème ? demanda-t-elle.

— En me mariant.

Un sourire sans joie ponctua cette déclaration.

— Oh... Et qui est l'heureuse élue ?

— Vous.

Chloé eut l'impression d'avoir reçu un coup de poing à l'estomac.

— Nous présenterons au peuple l'image d'une famille traditionnelle. Si j'élève Aden comme mon fils, la cheikha sera tenue de faire de même. C'est ce que vous souhaitiez, non ?

— Mais... vous voulez m'épouser ?

— Ce que je veux, c'est protéger Aden et rassurer mon peuple, corrigea Sayid.

Un vertige s'empara de Chloé. Elle, mariée ? Impossible. La dynamique conjugale n'avait aucun secret pour elle. Combien de fois avait-elle été témoin des brutalités infligées par l'homme à celle qu'il considérait comme sienne ? Bien sûr, tous les mariages n'étaient pas marqués par la violence. Mais, dans sa tête, les mots « mari et femme » n'évoquaient qu'une seule image : son père frappant sa mère déjà au sol, devant leur photo de mariage où la jeune mariée regardait avec amour l'homme à présent en train de la briser. Cette scène resterait à jamais gravée dans sa mémoire.

— Nous ne resterons mariés que pour une durée limitée, précisa Sayid.

— C'est-à-dire ?

— Jusqu'à la majorité d'Aden.

Chloé ouvrit des yeux incrédules.

— *Seize ans ?* Vous voulez que je reste mariée seize ans à un homme que je ne supporte pas ?

— Je suis moi-même lié pour seize ans à une fonction que je n'ai pas désirée, répliqua le cheikh avec cynisme. Chloé, je comprends votre position. Ce pays n'est pas le vôtre, vous ne lui devez rien. Mais vous tenez à Aden, n'est-ce pas ? C'est votre chance de lui offrir ce que Tamara aurait voulu pour lui.

Chloé était écartelée. Sa carrière scientifique s'envolerait en fumée, à moins qu'elle accepte de se séparer d'Aden et de reprendre sa vie comme si de rien n'était. Elle pourrait lui rendre visite de temps en temps…

Non. Sa décision était prise.

— Le mariage est-il indispensable ? demanda-t-elle. Je suis la demi-sœur de Tamara et la tante d'Aden. Cela me paraît une raison suffisante pour que je m'installe au palais.

— A court terme, oui. Mais pas jusqu'à sa majorité.

— Seize ans, n'est pas vraiment…

— A Attar, si, la coupa Sayid.

Chloé frissonna. Si elle partait, voilà toute la famille qui entourerait Aden. Le petit garçon ne recevrait aucune affection de la part de son oncle.

— Il ne s'agirait que d'un mariage de papier ? s'enquit-elle.

Il acquiesça d'un signe de tête.

— Je n'ai que faire d'une épouse. Et le couple royal a coutume de faire chambre à part.

— Pas Rashid et Tamara…

— Leur mariage était un mariage d'amour, influencé par la sensibilité américaine de Tamara, dit Sayid.

— Rashid ne semblait guère attaché aux traditions, remarqua Chloé.

— En effet. D'où son attirance pour votre sœur.

— Alors que nous…

— Nous formerons un couple traditionnel. Mon choix n'étonnera personne. En protégeant Aden, vous avez prouvé votre courage et votre loyauté. L'amour est loin d'être une condition *sine qua non* dans un mariage attari. Surtout un mariage royal.

Chloé eut une nouvelle vision de son père penché sur sa mère en sang.

— J'aimerais y réfléchir.

— Soit.

Il croisa les bras, comme s'il attendait une réponse dans la minute.

— Je voulais dire… à tête reposée.

— Il n'y a pas à tergiverser, Chloé. L'engagement affectif

que vous associez à l'idée de mariage n'a pas lieu d'être. Pas avec moi.

— Je m'en doute. Mais il ne s'agit pas que de cela…

Le regard de Sayid happa le sien, si intense qu'elle en perdit ses mots.

— Achever votre doctorat ne sera pas un problème, continua-t-il. J'ai contacté le président de l'université. Il est d'accord pour que vous poursuiviez vos études depuis Attar.

La colère vint au secours de Chloé, plus forte que sa peur et l'étrange attirance qui la poussait vers Sayid.

— Vous avez fait *quoi* ?

— Inutile de me remercier.

— Aucun risque ! Vous avez tout arrangé sans même m'en parler ?

— Je croyais que vous vouliez rester à Attar…

— Vous vous y êtes opposé !

— J'ai changé d'avis une fois la solution trouvée.

Chloé avait l'impression que sa tête allait exploser.

— Je n'ai encore rien accepté, je vous signale.

— Mais nous savons tous les deux quelle sera votre réponse, pas vrai, Chloé ? Ce mariage est le meilleur moyen pour vous de rester auprès d'Aden, et pour moi de préserver l'unité du pays jusqu'à son accession au trône.

— Vous êtes bien sûr de vous…

— Naturellement, susurra Sayid. Quand j'ai annoncé au président de l'université que vous étiez sur le point de devenir la nouvelle cheikha d'Attar, il s'est montré très compréhensif.

— Vous lui avez dit que j'allais vous *épouser* ?

Elle porta les mains à sa poitrine.

— Je crois que je vais avoir une attaque…

— Mais non.

— Bien sûr, vous savez toujours mieux que moi comment je vais réagir ! s'emporta-t-elle, excédée. Pitié, ô grand cheikh, révélez à la pauvre ignorante que je suis ses désirs les plus profonds !

— Inutile d'en faire trop, Chloé. Pour vous, rien ne change. Vous continuerez à vivre au palais, à la seule différence que vous posséderez un titre et un papier faisant de vous ma femme.

— Le mariage ne signifie donc rien, pour vous ?

— Que voulez-vous qu'il signifie ? rétorqua Sayid. Ce n'est qu'une construction sociale, en l'occurrence sans amour ni obligation d'être fidèle. Soyons clairs : votre rôle n'est pas de me servir d'épouse, mais d'être là pour Aden. Et, bien sûr, d'apparaître à mes côtés lors des événements publics. Je n'attends pas de vous que vous m'accueilliez dans votre lit ou portiez mes enfants.

Un frisson parcourut Chloé à cette évocation.

— Heureusement ! s'exclama-t-elle, les joues en feu. Non, mais quelle arrogance !

— Efficacité, vous voulez dire. Vous souhaitiez rester ? Je vous offre la solution idéale, une qui nous arrange tous les deux. Et au lieu de me remercier, vous m'insultez.

— Votre ego s'en remettra.

— Je n'ai pas d'ego, Chloé. Je connais ma place et remplis mes obligations. Je le fais pour Aden, et le ferai pour vous quand vous serez ma femme.

Quand elle serait sa femme. Pas *si*, nota Chloé, qui sentit quelque chose se briser en elle. Le monde qu'elle connaissait s'effondrait, et toutes ses certitudes avec lui. Elle tâtonnait dans le noir sans savoir où aller. Seuls deux chemins s'ouvraient à elle : l'un la ramenait à Portland, l'autre l'enracinait à Attar. Le premier, en lui rendant la vie dont elle rêvait depuis l'adolescence, l'éloignait à jamais d'Aden. Quant au second, il la jetait droit dans la fosse aux lions, face à sa plus grande peur…

Mais au moins, elle serait avec son enfant.

Soudain, la lumière se fit dans les ténèbres. *Aden.* Aden était son port d'attache. Le lien qui les unissait était immuable. Ses aspirations professionnelles, elles, évolueraient. Sa carrière aussi. Son doctorat en poche, elle poursuivrait de nouveaux objectifs, plus stimulants. Elle déménagerait, les rencontres se succéderaient dans sa vie. Au milieu de tous ces changements, Aden serait l'unique constante. Son amour pour lui ne faiblirait jamais. Tout comme ses regrets si elle partait…

Non. Elle ne sacrifierait pas ce lien qu'elle chérissait plus que tout au profit de quelques satisfactions éphémères. Aden était sa famille. Plus que cela, il était son fils, quoi qu'en dise la génétique. Ce qu'elle ressentait valait toutes les vérités scientifiques.

— Très bien, dit-elle, la gorge nouée. J'accepte de vous épouser.

Sayid hocha la tête. Pas d'éclat triomphant dans ses yeux. Pas de rictus victorieux. Son expression était aussi froide et impénétrable qu'à l'ordinaire.

— Je me charge d'organiser le mariage. Le plus tôt sera le mieux.

Il quitta la pièce, la laissant seule avec ses livres et ses tableaux blancs. Au moins, ils étaient un réconfort.

Une part d'elle-même avait toujours craint le mariage. Craint d'être faible et de s'accrocher au tyran qu'elle appelait mari. Comme sa mère. Mais Chloé était différente. Sa *vie* serait différente. Pour qu'un homme exerce ce genre d'emprise sur elle, il faudrait d'abord qu'elle en soit amoureuse. Or, elle n'aimait pas Sayid, ni maintenant, ni jamais. Et c'était réciproque. Sayid était un bloc de glace, incapable de sentiments.

Sans passion, pas de danger.

Là était son salut.

7.

Sayid courait, courait…

Le sable lui brûlait les pieds à travers ses chaussures. Le soleil du désert était sa punition, insinuant ses rayons de feu sous sa peau pour le consumer de l'intérieur.

Il s'immobilisa et regarda autour de lui. Une dune cachait le palais à sa vue. Partout ailleurs… il n'y avait rien. Ni murs, ni barreaux. Rien d'autre qu'un océan de sable sous un ciel aveuglant.

Pourtant, il sentait les chaînes à ses poignets, autour de sa gorge. Il en rêvait la nuit. Dans ses cauchemars, il faisait toujours noir. Il était entravé, incapable de bouger, et attendait. Le claquement du fouet, la morsure du couteau dans sa chair. Attendait une souffrance qu'il n'avait pas le droit d'extérioriser. Alors il l'étouffait en lui. Surtout, ne rien montrer.

Il se pencha en avant, les mains sur les cuisses, et inspira profondément. D'ordinaire, le désert l'aidait à vaincre sa claustrophobie. L'espace, la sensation d'infini repoussaient pour un temps les murs invisibles qui le cernaient. Mais pas aujourd'hui.

Il s'assit, oublieux du sable cuisant sur ses mollets. Il avait envie de hurler sa rage et sa frustration, sur le point d'exploser sous la pression de toute cette tension accumulée. Ici seulement, dans la solitude du désert, il maudissait son fardeau. Ces chaînes imposées par sa famille et son statut de fils cadet, forgées au feu de tout ce à quoi il avait dû renoncer. Des chaînes qu'il avait fini par faire siennes…

Dans ce cachot qui lui avait volé un an de sa vie, il avait souffert mille indignités. Il avait vécu dans la crasse, nu comme un ver, dépouillé de tout insigne de pouvoir. Son corps avait été brisé, lacéré, déchiqueté. Mais plus on le torturait, plus il enfouissait sa souffrance. Il était le symbole de sa nation : rien ne devait fissurer les remparts qui entouraient son cœur. Son oncle l'avait préparé à cette captivité. Par sa cruauté, il lui avait donné les moyens de survivre.

Puis Rashid était mort, et de nouvelles chaînes s'étaient ajoutées aux premières. L'humain en lui s'était enfoncé un peu plus profondément dans l'ombre. Mais ce qui avait été un refuge aux mains de l'ennemi ou de son oncle menaçait à présent de l'engloutir. Et voilà qu'il allait avoir une femme, un enfant ! Comment était-ce possible ?

Car il y avait eu un autre temps. Un autre enfant et une autre femme… Son amour pour Sura avait été jugé inacceptable par son oncle. Une faiblesse qu'il fallait éradiquer. Ce dernier avait donc fait en sorte que la jeune fille dont était épris son neveu, alors à peine âgé de seize ans, soit donnée à un autre. Sayid revoyait la voiture blindée qui l'emportait loin de lui, vers son futur mari…

— *Mais elle est enceinte ! Le bébé…*

— *Il n'y a plus de bébé, son père y a veillé. Sura va se marier.*

— *A qui ? Où ?*

— *Tu n'as pas à le savoir. Elle n'était pas pour toi, Sayid. Un autre destin t'attend.*

Que ne s'était-il arraché le cœur sur place ! La douleur eût été préférable au gouffre qui s'était ouvert en lui.

Il était tombé à genoux, brisé.

— *Tu vois, Sayid, l'emprise qu'elle avait sur toi ? Le pouvoir qu'elle donnait à tes ennemis ? Ils n'auraient pas hésité une seconde à en profiter. Aimer, c'est être vulnérable.*

Kalid avait raison, bien sûr. Ce jour-là, Sayid s'était purgé de ses dernières émotions, réduit à l'idéal qu'il était né pour incarner. Intouchable. Immuable. Il avait abandonné à jamais l'idée d'avoir une famille.

Mais Chloé ne serait pas vraiment sa femme, n'est-ce pas ? Ni Aden son fils. Rien n'avait changé. Rien ne changerait jamais.

Il se leva, muselant une fois de plus tout ce qu'il venait de confier au désert. Les chaînes autour de son âme cédèrent la place à une apathie bienvenue.

De retour au palais, il n'éprouvait plus rien.

— En raison du deuil national, notre mariage sera célébré en toute discrétion, annonça Sayid, les yeux dans les siens.

Un frisson parcourut Chloé. Un peu plus tôt, il l'avait *priée* de se joindre à lui pour le dîner — priée et non *contrainte.* Tout son être s'était rebellé contre l'idée. Mais quel choix avait-elle ? S'ils n'étaient pas tenus de feindre le grand amour, elle ne pouvait décemment pas laisser croire qu'elle avait peur de lui. Et puis, elle avait mieux à faire que de jouer à cache-cache.

— Tant mieux, approuva-t-elle.

Même si elle aurait préféré que le mariage ne soit pas célébré du tout.

— Vous n'avez pas touché à votre dîner, observa Sayid.

— Je n'ai pas faim.

— Mangez. Je n'aime pas les femmes maigres.

Elle baissa les yeux sur sa silhouette arrondie.

— Je ne serais pas contre perdre quelques kilos de grossesse…

— Vous êtes très bien ainsi.

Elle prit soudain conscience de son regard braqué sur ses seins, et sentit une vague de chaleur la submerger. Curieusement, elle était plus intriguée qu'offusquée. Aucun homme n'avait jamais lorgné sa poitrine. Ceux de son entourage étaient comme elle, absorbés par leurs équations, et laissaient leurs histoires personnelles en dehors de la salle de cours. Chloé, elle, avait choisi d'étendre cette exclusion au reste de sa vie, aussi ne s'était-elle jamais souciée de savoir si l'on admirait ou non ses seins. L'expérience était… intéressante. Quant à Sayid, il ne faisait pas mine de détourner le regard.

Elle s'éclaircit la gorge.

— Ce n'est pas la question, dit-elle. En quelques jours, ma vie a été totalement chamboulée…

Cette fois, il daigna lever les yeux.

— Le changement a commencé il y a près d'un an. Notre mariage n'en est que la continuité.

Chloé se mordit la lèvre. C'est vrai, sa vie avait pris un nouveau tournant à la seconde où elle était tombée enceinte d'Aden. La grossesse l'avait changée, tant physiquement que mentalement. Et elle s'était persuadée que tout redeviendrait comme avant après l'accouchement. Quelle naïveté !

— Qui sait comment les choses se seraient passées avec Rashid et Tamara ? murmura-t-elle. Aurais-je eu moins de mal à me séparer d'Aden ?

Sayid haussa les épaules.

— Le passé est le passé. Inutile de vous flageller avec des « si ».

— Oui, vous avez raison.

— Evidemment.

Elle leva les yeux au ciel.

— Ce que vous pouvez être arrogant !

— Pas plus que vous, répliqua Sayid. Votre confiance en vos compétences scientifiques est absolue. Pourquoi n'afficherais-je pas la même confiance dans mon domaine ?

— Parce que *rien* n'échappe à votre domaine, grinça Chloé.

— Je n'y connais rien en théorie des cordes.

— Dans ce cas, je me retire au royaume des sciences où je règne en souveraine.

Ces mots la réconfortèrent. Etre mariée à Sayid ne serait peut-être pas si terrible, tout compte fait. Elle n'aurait qu'à diviser son temps entre Aden et ses recherches dans le formidable laboratoire d'études qu'il avait aménagé pour elle.

— Je vous le cède volontiers, repartit Sayid.

— Sa Majesté est généreuse…

Le visage du cheikh se rembrunit.

— Je suis loin de tout maîtriser, Chloé. Il vous suffit de lire les journaux pour vous en convaincre.

— Image publique et réalité sont deux choses différentes, assura-t-elle.

— Peu après la mort de Rashid, un diplomate d'un pays voisin a sollicité une entrevue au sujet d'un match de rugby entre nos deux nations…

— Et ?

— Je lui ai expliqué, en termes succincts, que le sport était le cadet de mes soucis. Lorsqu'il s'est vexé, ma réponse a été de l'envoyer paître.

— Je vois.

— La presse n'a pas été tendre. Après cet épisode, Malik m'a gourmandé comme un enfant en me reprochant mon acrimonie.

Il eut un rire dénué d'humour.

— Vous n'êtes pas si mauvais, Sayid, affirma Chloé. Prenez un scientifique. Son but est de chercher objectivement la vérité, au mépris de ses convictions. De même, un souverain se doit d'être toujours avenant, quelle que soit son humeur. Ce n'est pas toujours facile.

— Qu'auriez-vous fait, Chloé, si rien de tout cela n'était arrivé ?

La curiosité sincère qui perçait dans sa question la surprit.

— Eh bien, j'étais censée donner des cours à la rentrée, tout en terminant mon doctorat. Après quoi, j'espérais décrocher un poste à l'université ou dans un institut de recherche.

— Vous aimez vous triturer les méninges entre quatre murs, commenta Sayid avec une grimace.

— Bien sûr ! Un scientifique consacre sa vie entière à étudier. Apprendre, enrichir ses connaissances, décortiquer le fonctionnement de toute chose… J'adore cela.

— La plus grande qualité d'un scientifique est donc la curiosité ?

Les yeux de Sayid s'attachèrent à ses lèvres. Aussitôt, l'air se chargea d'électricité. Chloé se sentait à l'étroit dans son corsage, languide et fiévreuse à la fois, ce qui, bien sûr, était impossible. Sauf en présence de Sayid…

— Etes-vous curieuse, Chloé ?

Elle s'éclaircit la gorge.

— Oui, je suppose. Et vous ?

Une lueur brûlante s'alluma dans les yeux de Sayid. Seigneur, que lui avait-il pris de dire cela ? Elle s'aventurait en terrain glissant !

— Sur certaines choses, oui, dit-il d'une voix rauque, sensuelle.

Envoûtante. Elle se leva précipitamment et sa chaise heurta la chaise voisine avec fracas.

— Désolée, bafouilla-t-elle. Je dois y aller…

Sayid fut plus rapide qu'elle. En une fraction de seconde, il avait contourné la table et lui agrippait le bras.

— Pourquoi me fuyez-vous, Chloé ?

— Je ne fuis pas. J'ai assez mangé.

— Vous avez à peine touché à votre dîner.

De sa main libre, il écarta une mèche de son front.

Elle s'affola.

— Je n'ai pas faim. Le stress, sans doute. A propos, saviez-vous que le stress pouvait obstruer les pores…

— Je me fiche des effets secondaires du stress, Chloé. Pourquoi me fuyez-vous ? répéta-t-il, son visage tout près du sien. Est-ce parce que vous la sentez, vous aussi ?

— Quoi ?

— Cette alchimie entre nous. Mon corps brûle de vous posséder, et vous n'attendez que cela.

— Je ne vois pas de quoi vous voulez parler…

— Je crois que si.

Il traça du doigt la ligne de son épaule, puis remonta vers son cou. Elle se dégagea vivement.

— Non, mentit-elle. Je ne vois pas.

Chloé était désemparée. Pourquoi son corps la trahissait-il ? Jamais elle n'avait éprouvé pareille attirance. Elle s'était imaginé que si cela arrivait un jour, ce serait pour un gentil scientifique en blouse blanche, accro aux tableaux blancs.

Pas pour une brute assoiffée de pouvoir qui s'imaginait la mener à la baguette ! Hélas, son corps, lui, semblait d'un autre avis. Les preuves étaient là : rythme cardiaque accéléré, lèvres gonflées, mamelons durcis et, oh Seigneur… cette moiteur entre ses cuisses !

L'attirance était un phénomène purement physique, se persuada-t-elle. Son corps avait beau être esclave de ses pulsions, elle n'en restait pas moins une femme rationnelle, dont les choix se fondaient sur autre chose que la proximité d'un mâle alpha débordant de testostérone.

— Notre mariage n'est pas un mariage d'amour, mais il doit avoir l'air réel, l'avertit-il. A l'avenir, évitez de fuir les dîners protocolaires.

— Je ne fuyais pas ! protesta Chloé.

Le pouce de Sayid se fit caressant sur son bras.

— Je ne vous crois pas.

— Peu importe ce que vous croyez. Je regagnais simplement ma chambre. J'ai du travail.

— Restez, dit-il. Parlez-moi.

Son intonation ne sonnait guère comme une invitation à bavarder. Elle n'avait aucune expérience de ce genre de situation. A son grand désarroi aujourd'hui. Elle se sentait démunie, à mille lieues de l'image sophistiquée qu'elle aurait aimé renvoyer. Non seulement elle manquait d'expérience, mais le côté dominateur et ultra-viril de Sayid la rebutait. Etrange, car ce qui l'effrayait le plus chez lui était aussi ce qui mettait son corps en émoi. *Raison de plus pour ne pas lui laisser le contrôle.*

— Soit. A condition que vous cessiez de me malmener comme le dernier des *Ardipithecus ramidus*.

— Des quoi ?

— *Ardipithecus ramidus*. Vous savez, l'un des stades de l'évolution humaine.

— Vous me traitez d'homme de Neandertal ?

— Vous confondez les époques…

— Si vous insinuez que je ne suis pas quelqu'un de

civilisé, vous avez raison, dit-il en lui lâchant le bras. Je n'ai d'ailleurs jamais prétendu le contraire.

— J'avais remarqué.

— Nous devons à tout prix présenter un front uni en public. Ce genre de joute verbale est à proscrire de nos sorties officielles.

— Je comprends.

— Mieux vaut également éviter d'assimiler certains chefs d'Etat à une espèce plus proche du singe que de l'homme.

— Même ceux qui envoient promener les diplomates ?

Cette pique lui valut une œillade assassine.

— D'accord, promis, je réserverai mes insultes pour vous. Et seulement en privé.

Curieux, avec quelle facilité elle lui parlait à présent. A peine quelques minutes plus tôt, sa virilité la paralysait. Sans doute parce qu'elle avait appris très jeune à craindre la force des hommes. Mais elle avait eu beau l'insulter et le provoquer, Sayid n'avait jamais riposté. Et il ne le ferait pas, elle en était convaincue. Alors de quoi avait-elle peur ?

— Surveillez vos paroles, Chloé. A moins que ce ne soit une invitation ?

Soudain, elle comprit ce qui l'effrayait. Son attirance et sa peur ne faisaient qu'un ! Pour la première fois, elle s'intéressait au sexe — et pas d'un point de vue scientifique. Une curiosité dangereuse au vu de sa situation. Elle devait à tout prix garder ses distances.

— En aucun cas, siffla-t-elle.

Elle recula, moins par peur de lui que d'elle-même. N'avait-elle pas, l'espace d'une seconde, été tentée de répondre par l'affirmative ? Quelle aurait été sa réaction ? Elle avait trop peu d'expérience en matière de sexe pour prendre l'initiative. Surtout avec un homme comme Sayid.

— Tant mieux, car je la déclinerais, riposta-t-il.

L'orgueil de Chloé en prit un coup. Evidemment, les hommes comme lui se fichaient bien d'une petite rousse bien en chair préférant la compagnie d'un bec Bunsen à celle des garçons.

— Ce n'en est pas une, répéta-t-elle.

— Bien.

Une réponse sèche. Cinglante. Chloé était mortifiée. Il ne voulait pas coucher avec elle ? Et alors ? C'était réciproque ! Peut-être… oui, peut-être avait-elle envie de l'embrasser. De savoir ce que cela ferait de presser les lèvres sur cette bouche bien dessinée. Simple curiosité. Quelle femme ne serait pas tentée par l'expérience ? Ce qui prouvait bien sa théorie d'une attirance purement physique. Ce n'était certes pas sa personnalité pétillante qui séduisait la gent féminine…

— Je retourne dans ma chambre, annonça-t-elle. Et *non*, je ne fuis pas. Aucune raison, puisque vous n'en avez pas après mon corps, n'est-ce pas ?

Sayid pinça les lèvres.

— Bonne soirée, Chloé.

— Merci. Vous aussi.

Seule dans le couloir, elle s'appuya contre le mur, le cœur battant. Lentement, elle inspira, puis expira. Elle devait se ressaisir, et vite ! Les plaisirs physiques ne l'avaient jamais intéressée. Ce n'était pas aujourd'hui que cela allait commencer.

Sayid avait besoin d'une douche froide. Mais d'abord, un coup de fil s'imposait. Décrochant son téléphone, il appuya sur le numéro abrégé d'Alik Vasin.

— *Da ?*

— Vasin ?

Il aurait reconnu la voix de son ami entre mille, mais attendit confirmation. Une précaution nécessaire étant donné la profession d'Alik. Même si, officiellement, l'ex-mercenaire avait raccroché sa veste. Sayid l'avait recruté pour sa dernière mission, et les deux hommes étaient devenus amis. Ce lien s'était encore renforcé lorsque Alik l'avait fait évader du camp ennemi. C'était lui qui l'avait retrouvé. Lui seul avait continué les recherches quand tout le monde avait abandonné.

— *Da.*

De la musique lui parvenait en fond sonore. Une voix

de femme parlant une langue inconnue. Une porte claqua et le bruit cessa.

— Merci de l'avoir retrouvé.

— Pas de quoi, dit Alik. C'était un jeu d'enfant.

— Pour toi, peut-être.

Alik était le meilleur ami de Sayid. Un frère comme Rashid ne l'avait jamais été.

— Pour n'importe qui. C'est tout juste si son nom n'était pas dans l'annuaire.

— Elle veut rester. Pour le bébé…

Alik émit un grognement qui pouvait signifier son approbation comme tout autre chose.

— Je me doute que ce n'est pas pour toi. Que lui as-tu répondu ?

— Sa présence au palais risque de compromettre le secret de Rashid.

— Tu éludes ma question…

— Je lui ai demandé de devenir ma femme.

Alik éclata de rire. Sayid enviait cela à son ami, cette capacité à être invincible tout en restant humain. Malgré tout ce qu'il avait vécu, tout ce qu'il avait vu et fait, l'ex-mercenaire brûlait la vie par les deux bouts. L'honneur, dans sa liste de priorités, figurait loin derrière le plaisir.

— Mauvaise idée, camarade. Il n'y a rien de pire que le mariage.

— As-tu déjà été marié ?

— Jamais.

— Alors comment le sais-tu ?

— Ce soir, une blonde m'attend dans mon lit. Le week-end dernier, c'était une brune. Et demain, qui sait ? Le mariage sonne le glas de cette liberté.

— Pas pour tout le monde.

— Dans ce cas, à quoi bon prononcer des vœux ? Quand je fais une promesse, je la tiens.

— Tu en fais rarement…

Alik s'esclaffa de nouveau.

— C'est vrai.

— Tu m'en as fait une, à moi, lui rappela Sayid.

— Et pas à la légère, confirma son ami. Ma loyauté t'est tout acquise. Si tu as besoin de quoi que ce soit, je suis ton homme.

— Ce sera un mariage discret, par respect pour la mémoire de Rashid.

— Tu me veux comme garde du corps ?

— Qui d'autre ?

— Serais-tu en train de me demander d'être ton témoin ?

Sayid ébaucha un sourire. Le premier depuis longtemps.

— Un témoin armé.

Il y eut un bruit de porte qui s'ouvre à l'autre bout du fil. La femme et la musique, de nouveau. Puis la réponse d'Alik :

— Compte sur moi.

Chloé écoutait, incrédule, la présentatrice parler d'elle, l'œil rivé à la caméra. Une expérience pour le moins surréaliste…

« L'ombrageux régent d'Attar a annoncé ses fiançailles avec l'héroïne du peuple, Chloé James, nourrice à temps partiel et étudiante en sciences originaire de Portland, Oregon. Le mariage sera célébré la semaine prochaine. »

Des images d'elle et Sayid défilaient à l'écran, elle engoncée dans la seule robe qui lui allait encore. Elle fit la grimace. Décidément, elle ne s'habituait pas à sa nouvelle silhouette.

Eteignant la télévision, elle reporta son attention sur son tableau blanc et sur l'équation qui lui donnait du fil à retordre depuis le début de la matinée. Hélas, impossible de chasser de son esprit ce qu'elle venait d'entendre. Avec un soupir, elle retira ses lunettes et se tourna vers Aden, allongé sur une couverture à même le sol.

— Dans quelle galère me suis-je embarquée ? Mmh ?

Pour toute réponse, le bébé agita les pieds en ouvrant grand les yeux.

— Non ? Aucun conseil à me donner ?

— Quel genre de conseil ?

Chloé fit volte-face. Sayid s'avançait vers elle, avec cet air sûr de lui qui l'exaspérait.

— Je viens d'apprendre grâce à la télévision que notre mariage aurait lieu dans moins d'une semaine. Imaginez ma surprise.

— Pourquoi attendre ? répliqua le cheikh.

Il sortit de sa poche un écrin qu'il lui tendit.

— J'ai fait monter un joyau de la couronne en bague.

— Un joyau de la couronne ?

Elle ouvrit l'écrin et resta bouche bée devant le splendide grenat d'un rouge profond, serti dans un anneau d'or ciselé pareil à la tige d'une fleur. C'était la première fois qu'on lui offrait un présent. Et pas n'importe quel présent ! Un objet unique et magnifique. Ses parents n'avaient jamais eu ce genre d'attention. Ils se souciaient trop peu d'elle pour cela. A sa grande honte, elle brûlait de passer la bague à son doigt. Juste une seconde, elle avait envie de croire qu'elle était assez spéciale aux yeux de Sayid pour mériter un tel cadeau…

Elle s'efforça de dissimuler cette faiblesse. Aden était le seul être dont elle avait besoin.

— C'est un peu trop, vous ne croyez pas ?

— Toutes les femmes entrant dans le clan Al-Kadar se voient offrir un joyau de la couronne. Vous ne ferez pas exception.

— Il ne s'agit pas d'un vrai mariage, rappela-t-elle.

— Dans ce cas, rendez-le-moi le jour du divorce.

— C'est-à-dire ?

— Quand serez-vous capable de vous séparer d'Aden ?

— Pas avant sa majorité.

— Alors nous resterons mariés jusque-là.

Il la dévisagea avec une attention soutenue.

— C'est un engagement de taille pour quelqu'un de votre âge, sans attache avec Attar.

— Avoir un enfant est toujours un engagement de taille, répondit-elle. Toutes les futures mères voient leur avenir bouleversé. Bien sûr, mon cas est un peu plus complexe. Mais je suis prête à changer radicalement de vie pour Aden.

— Vous serez une bonne mère, déclara Sayid. Celle que Tamara aurait voulue pour son fils.

Une vague d'émotion enfla dans la poitrine de Chloé. Plus que jamais, elle ressentait un vide en elle. Elle aurait aimé que Sayid la serre dans ses bras et lui murmure que tout irait bien. Elle aurait aimé, l'espace d'un instant, ne plus dépendre de ses seules forces pour avancer. Mais Aden avait besoin d'elle. Et tant que ce serait le cas, elle n'avait pas le droit d'être vulnérable.

— Merci, murmura-t-elle.

— A présent, passons à la question des relations extra-conjugales, reprit Sayid.

L'enchaînement était si brutal que Chloé en eut le vertige.

— Pardon ?

— De nos amants et maîtresses, si vous préférez.

— J'avais compris, merci. Où voulez-vous en venir au juste ?

— Si je ne fréquente pas votre lit, ce sera celui d'autres femmes. Je suis prêt à sacrifier beaucoup de choses pour Aden, mais pas à renoncer au sexe pendant seize ans.

Chloé cilla. Evidemment, ce serait déraisonnable d'exiger cela de lui. Alors pourquoi cette soudaine jalousie ? Parce qu'elle refusait de le partager ? Non. Plutôt parce qu'une part d'elle-même brûlait de profiter aussi de son expérience d'amant. La perspective de voir défiler ses maîtresses en nuisette affriolante lui donnait la nausée.

— Je n'exigerai qu'une chose, dit-elle. La discrétion. Rien ne sort de votre chambre. Pour moi, vous pourrez aussi bien être seul qu'accompagné. Une liaison de Schrödinger, en somme.

— Parce que rien n'est prouvé tant que la porte reste fermée ?

— Exactement ! Vous avez saisi la plaisanterie.

— Pensez à cultiver un humour plus accessible…

— Cette blague aurait eu un succès fou dans mon cours de théorie quantique des champs.

— Quoi qu'il en soit, j'exige la même discrétion de vous, reprit Sayid. Aucun scandale ne doit éclater.

— Bien sûr.

Elle, créer un scandale ? Aucun risque. Porte ouverte ou fermée, elle vivrait dans l'abstinence. Mais plutôt mourir que de l'avouer. Pire que savoir Sayid en pleins ébats avec une beauté attarie était de savoir qu'elle-même ne bénéficierait pas des attentions d'un séduisant amant.

— Je suis sérieux, insista Sayid. A Attar, on pardonne ce genre d'écart à un homme, mais pas à une femme. Si le peuple l'apprenait, je serais contraint de vous répudier. Or, ce mariage est avant tout une question d'image.

— Je serai la discrétion incarnée, assura Chloé. Pas d'étreinte sauvage sur la table de salle à manger, promis.

Elle rougit. Son petit discours de femme libérée n'était guère convaincant. Et pour cause : parler de sexe avec Sayid la plongeait dans le plus grand embarras.

— La table de salle à manger ? répéta-t-il. Je doute que ce soit très confortable.

— Vous ne savez pas ce que vous perdez.

— Vous non plus…

Les mots avaient échappé à Sayid. Des fantasmes brûlants prenaient vie dans son esprit. La table de salle à manger n'y figurait pas, mais… Contre un mur ? Les jambes de Chloé nouées autour de sa taille ? L'idée était excitante. Il la dénuderait, la débarrasserait de ses inhibitions, lui ferait oublier tout ce en quoi elle croyait tandis qu'elle crierait son nom. Puis, à son tour, il prendrait son plaisir en elle…

La réaction de son corps ne se fit pas attendre. Il crispa les poings, réprimant le tumulte de son cœur. Assouvir sa frustration sexuelle avec Chloé était hors de question. Aucune passion n'était permise entre eux. Il devait impérativement garder le contrôle de lui-même. Surtout en présence de la jeune femme, qui avait le don de le lui faire perdre…

De plus en plus gênée, Chloé se hâta de prendre Aden

dans ses bras, se réfugiant derrière lui comme derrière un bouclier.

— Vous savez ce qu'on dit : « Heureux sont les ignorants… », répliqua-t-elle.

— Comme vous voulez, dit Sayid.

— Oui, c'est ce que je veux.

— Il me reste quelques affaires à régler avant le mariage. Rendez-vous au palais côtier, où aura lieu la cérémonie.

— Vous avez tout prévu, n'est-ce pas ?

Il eut un rire sans joie, qui étreignit le cœur de Chloé.

— Au contraire, Chloé James. Avec vous, ma vie n'est plus qu'une suite d'imprévus.

8.

Le palais côtier était très différent de celui de la capitale. Ici, tout était blanchi par le soleil. Une brise salée venue de la mer rafraîchissait agréablement l'air. Une atmosphère qui changeait de l'aride chaleur régnant à l'intérieur des terres. En grandissant, Sayid avait passé beaucoup de temps dans ce palais, qui lui servait de refuge lorsqu'il n'apprenait pas à survivre dans les rudes conditions du désert. La fraîcheur accueillante de ses murs de pierres ne manquait jamais de l'apaiser. Sauf aujourd'hui.

Dans moins de vingt-quatre heures, il serait marié.

Une épouse…

Il y avait renoncé depuis longtemps. Ce mariage le ramenait en arrière, à une adolescente aux yeux ambrés et au sourire éblouissant. A cette même adolescente, pâle de terreur tandis qu'on l'arrachait à lui. A ces hommes qui l'avaient retenu de la secourir. De sauver la seule personne qui ait jamais compté pour lui…

Il posa la main sur l'un des piliers, le regard perdu vers l'océan. La pierre était dure et froide sous sa paume. Aussi dure et froide que son cœur depuis le jour où il avait perdu Sura…

— Elle est en haut, sur le balcon. En pleine séance de henné.

La voix d'Alik le tira de ses pensées. Il descendait l'escalier d'un pas nonchalant, les mains dans les poches.

— Depuis combien de temps es-tu ici ? demanda Sayid.

Alik et lui avaient traversé l'enfer ensemble. L'ex-mercenaire était son unique ami. Lui seul savait ce qu'était *réellement* sa vie. Ce qu'elle lui coûtait. Mais en cet instant, sa joie de le revoir était assombrie par une jalousie aussi viscérale qu'inexplicable.

— Au palais ? sourit Alik. Assez pour prendre cette beauté rousse une fois sur le balcon, deux fois contre le mur de la chambre et…

— Alik.

— En théorie, précisa-t-il. Les femmes se battent pour partager mon lit. Pourquoi séduirais-je la tienne ?

— Chloé n'est pas ma femme, gronda Sayid.

— Elle le sera demain.

— Uniquement sur le papier.

— Pas sous la couette ? Quel gâchis…

Sayid dépassa son ami et s'engagea dans l'escalier.

— Je me passerai de ton avis, Vasin.

— Alors je te laisse avec ta fiancée. Il me reste certaines mesures de sécurité à peaufiner, répondit Alik avant de s'éclipser.

Sayid serra les poings. Pourquoi était-il aussi furieux ? Cela n'avait aucun sens ! N'avait-il pas lui-même autorisé Chloé à prendre des amants ? Ni lui, ni elle ne pratiquerait l'abstinence pendant seize ans. Si elle jetait son dévolu sur Alik, quel droit avait-il d'apposer son veto ?

Non…

Il y avait des limites à ne pas franchir. Et il veillerait à ce qu'Alik ne l'oublie pas.

A l'étage, il se dirigea droit vers le balcon. Chloé était assise dans un fauteuil, en robe très courte, Aden endormi à ses côtés dans un couffin. A genoux devant elle, une vieille femme traçait sur ses pieds les traditionnels entrelacs au henné.

Chloé releva la tête, et ses cheveux s'embrasèrent dans la lumière du soleil couchant. La mer en toile de fond rehaussait encore le bleu de ses yeux. Comme à son habitude, elle ne portait aucun maquillage. Il y avait pourtant quelque chose de différent chez elle. Son teint paraissait plus frais, ses joues plus roses. Ses cernes s'étaient estompés.

Elle rayonnait, réalisa-t-il.

— Sayid ? Je ne vous attendais pas si tôt…

La vieille femme interrompit ses arabesques pour s'incliner très bas devant lui, son front touchant le sol. Pareille marque de servilité le laissait de marbre ; elle lui était due. Ce soir, néanmoins, il y voyait le signe qu'il commençait à être accepté dans sa fonction de régent. Son mariage avec Chloé avait donc l'effet escompté.

— Quand pensiez-vous que j'arriverais ? Au moment des vœux ?

— Quelque chose comme cela, admit-elle.

— Non. Je tenais à revoir la sécurité avec Alik.

Il la scruta en prononçant le nom de son ami.

— Vous l'avez rencontré, n'est-ce pas ?

— Oui. Nous avons sympathisé, répondit Chloé.

— Sympathisé comment ?

— Eh bien, il…

Elle s'interrompit.

— Etes-vous fâché ?

— Non.

— Si, je le vois bien. Cela vous ennuie ?

Sayid eut un rire dédaigneux.

— J'ose espérer qu'il s'est montré amical. C'est la moindre des politesses envers la future cheikha.

Elle plissa les yeux, comme si elle examinait un spécimen au microscope.

— Seriez-vous jaloux ?

— Je ne le suis pas avec mes maîtresses. Pourquoi le serais-je avec vous ? répondit-il, cinglant.

— Parce que dès demain, je serai votre femme. Le mariage est une invention humaine, mais la possessivité du mâle envers sa femelle se retrouve dans de nombreuses espèces. Une façon pour lui de s'assurer qu'il est bien le géniteur de sa descendance…

— Ce problème ne me concerne pas. Aden n'est pas mon fils, et vous…

Il s'interrompit, conscient de la présence de la femme aux pieds de Chloé.

— Comme vous le savez, notre situation est différente, termina-t-il.

— Cet instinct est profondément enraciné en l'homme, insista la jeune femme. Ce que votre cerveau sait, votre corps peut très bien l'ignorer.

— Peut-être…

L'espace d'une seconde, il s'abandonna au désir qui l'envahissait chaque fois qu'il la regardait. Ses fantasmes prenaient vie dans sa tête, les mêmes qui le hantaient depuis plus d'une semaine. Chloé penchée en avant, agrippée à la tête du lit… Lui, les mains sur ses hanches, l'empalant d'un seul coup de reins… Son corps souple et chaud s'arquant contre le sien comme il jouissait en elle…

Oh oui, il la désirait plus que tout. Mais pas question de céder aux sirènes de la tentation. Car ce désir n'était pas simplement charnel. Il puisait sa source dans ce repli secret de son être dont il avait appris à nier l'existence — la faille derrière le mur, le cœur de sa vulnérabilité.

— Vous croyez savoir ce que mon corps veut ? dit-il d'une voix éraillée.

La jeune femme s'empourpra.

— Eh bien… en termes de préoccupations d'ordre… euh, reproductif… Oui.

Sayid sourit en se remémorant ses fantasmes.

— Non, Chloé. Vous ignorez tout de ce que mon corps veut. Tout comme vous ignorez les désirs du vôtre.

Elle fronça les sourcils.

— C'est ridicule. Bien sûr que je sais ce que mon corps veut.

— Et moi, non ?

— Je pense que votre raisonnement est en contradiction avec ce que votre corps désire, nuance…

— Et votre corps, Chloé ? Que désire-t-il ?

Il vit ses yeux bleus s'agrandir.

— Pas… pas cela, balbutia-t-elle, cramoisie.

S'apercevait-elle tout juste de la charge érotique de leur conversation ? Difficile à croire. Une femme de son âge, et aussi jolie qu'elle, savait certainement déceler le non-dit dans un échange entre un homme et une femme. Et pourtant, elle semblait prise de court, presque désarmante de candeur.

— Alik est à rayer de votre liste d'amants potentiels, dit-il, optant pour une approche plus directe.

— Vous pensiez que lui et moi, nous…

Elle fit la grimace. A ses pieds, la vieille femme apportait la dernière touche à un délicat motif de fleur. Le tatouage terminé, Sayid lui donna congé en arabe. Elle inclina la tête et rassembla ses affaires, avant de s'éclipser les yeux baissés.

— Que lui avez-vous dit ? demanda Chloé.

— De nous laisser.

— Elle ne nous a pas regardés…

— Par respect pour le cheikh et sa future épouse.

— Je n'ai pas besoin de ce genre de respect ! protesta la jeune femme.

Il haussa les épaules.

— Pour ma part, j'accepte volontiers toute marque de déférence. C'est le signe que personne ne s'oppose à moi.

— Mmh…

Elle croisa les bras sous sa poitrine, le regard perdu dans les arabesques ornant ses chevilles.

— Vous désapprouvez ?

— Quelle importance ?

— Aucune. Je suis curieux.

— N'est-ce pas un autre moyen pour les hommes de renforcer leur domination ? reprit-elle en relevant les yeux. Pas le pire, je vous l'accorde, mais…

— Le monde compte aussi des reines qui n'hésitent pas à écraser leurs subordonnés, pointa Sayid. La soif de domination n'est pas l'apanage des hommes.

— Eh bien, votre attitude ne plaide guère en faveur de votre sexe.

Elle souleva Aden dans ses bras, et il nota qu'elle était

beaucoup plus à l'aise avec le bébé qu'à leur première rencontre.

— Vous croyez pouvoir jouer au chef de meute avec moi ? Me traiter comme… comme une carcasse de caribou, dont vous n'avez même pas envie ?

— Vous vous comparez à une carcasse de caribou ?

— L'analogie est certes douteuse, mais le message reste valide.

— Je n'ai jamais dit que je n'avais pas envie de vous.

Les mots flottèrent entre eux, l'air soudain chargé de tension. Une tension qui l'étreignait depuis la seconde où il l'avait vue. Il fit un pas vers elle, et son odeur, douce, féminine — une odeur de chèvrefeuille — lui emplit les narines. Une vague de désir le submergea.

Elle se fourvoyait en le croyant ignorant de ce que son corps voulait. Il le savait parfaitement : elle, nue contre lui, criant son nom sous l'effet du plaisir…

— Je… vous avez évoqué vos futures maîtresses et donc, j'en déduis que…

— Je ne suis pas prêt à seize ans de fidélité conjugale, termina-t-il. Mieux vaut donc que rien ne se passe entre nous.

— Mais cela pourrait arriver ? Etes… êtes-vous attiré par moi ?

L'innocence avec laquelle elle avait prononcé ces mots, l'absence totale de ruse et de calcul, le stupéfia. Ne percevait-elle pas l'électricité qui crépitait entre eux ? Si, il en était convaincu. Mais elle s'imaginait sans doute être la seule à la ressentir. Alors qu'il n'avait qu'une envie, la plaquer contre lui ! D'abord, il l'embrasserait dans le cou, suivrait de la langue le pli de sa gorge, avant de s'aventurer dans la vallée de ses seins…

— Si je suis attiré par vous ? répéta-t-il, avançant encore d'un pas. Quand j'ai vu Alik, la simple idée qu'il pourrait vous séduire m'a donné envie de lui attacher une pierre autour du cou et de le jeter dans l'océan !

Chloé frémit sous son regard pénétrant. Elle se sentait comme un spécimen observé au microscope, ses secrets les plus intimes exposés au grand jour. La voix de Sayid était basse et rauque, vibrante d'intensité. D'instinct, elle resserra son étreinte autour d'Aden. Et soudain, elle comprit la raison de son pouls erratique, de l'étrange tension dans son ventre…

Elle le désirait.

La sensation était si intense, si inconnue, qu'elle lui donnait le vertige.

— En vous voyant, j'ai eu une autre envie, continua-t-il, tournant autour d'elle comme un prédateur autour de sa proie. Celle de vous prendre là, sur ce balcon, encore et encore, en savourant vos cris de plaisir.

Elle détourna les yeux, troublée par les images que lui évoquaient ses mots. Son corps était en feu, sa respiration saccadée. Pas besoin d'expérience pour comprendre son manège : il cherchait à la dominer. A resserrer son emprise sur elle en la comblant sexuellement. Oh ! il n'userait d'aucune violence, non. Son pouvoir était d'une autre nature, et il n'hésiterait pas à s'en servir. N'avait-elle pas vu de ses yeux ce que sa mère avait enduré pour l'homme qui la possédait ? Jamais elle ne se laisserait soumettre de la sorte.

Elle s'écarta de lui.

— Aussi charmant que soit ce programme, je préfère décliner.

— Vous n'êtes pas attirée par moi ? demanda Sayid.

Elle n'avait jamais su mentir, mais une insulte ferait aussi bien l'affaire.

— Vos manières d'homme de Neandertal ne m'impressionnent pas, cracha-t-elle. Le fantasme du mâle dominant, ce n'est pas mon truc.

— Vraiment ?

— Si j'accepte de vous épouser, c'est uniquement pour Aden. Trouvez-vous une maîtresse avec qui apaiser votre frustration sexuelle !

— Je croyais que vous exigiez la discrétion ?

— Prenez qui vous voulez sur ce balcon, je m'en fiche !

Elle rentra dans le palais, au bord des larmes. De retour dans sa chambre, elle s'assit sur le lit et dégrafa son chemisier, puis son soutien-gorge d'allaitement, et guida Aden vers son sein. Peu à peu, elle s'habituait à cet aspect de la maternité. D'un autre côté… jamais elle ne s'était sentie aussi perdue, ni effrayée par son propre corps.

Et le responsable était l'homme qu'elle épousait dans moins de vingt-quatre heures.

Seule une poignée d'invités étaient présents sur la plage. Ni les trois jours de festivités, ni les traditionnelles danses en groupe n'avaient été observés avant la cérémonie. Quant à la séance de henné, d'ordinaire l'occasion d'un bruyant rassemblement, seule une vieille femme y avait participé.

Chloé en était soulagée, mais le mariage en lui-même la rendait nerveuse. Surtout après son altercation avec Sayid. Elle ne l'avait pas revu depuis la veille, où elle lui avait conseillé de se chercher une autre partenaire pour leur nuit de noces. Non que leur nuit de noces revêtît une quelconque importance…

Pas plus que leur mariage, d'ailleurs. L'essentiel des invités se composait de journalistes triés sur le volet, chargés de narrer un conte de fées supposé rendre l'espoir à toute une nation. Si son union avec Sayid avait effectivement un tel pouvoir, il comptait parmi les mensonges les plus magiques de l'histoire, songea Chloé. Auquel cas, quel droit avait-elle d'être aussi abattue ?

Pense à Aden, pas à ce que tu laisses derrière toi…

Le sable glissait entre ses orteils, comme si le sol lui-même se dérobait sous ses pieds. La musique changea, signal de son entrée en scène.

Le cœur battant, elle émergea de derrière la tente dressée pour le banquet, en soulevant sa robe pour ne pas trébucher. C'était une robe fluide toute simple dans les tons crème, qui caressait le sable à chacun de ses pas. Un foulard de soie blanche lui couvrait les cheveux et la protégeait du soleil. Elle n'avait pas de fleurs dans les mains. Pas de demoiselle d'honneur. Personne pour la mener vers son futur époux…

De grands mâts jalonnaient l'allée, ornés de bannières de soie blanche flottant au vent. Cette décoration discrète, en harmonie avec la beauté naturelle de la crique, frôlait la perfection. Même la musique s'était tue, remplacée par le roulis des vagues.

Chloé aperçut furtivement Sayid entre deux draperies chahutées par le vent. L'espace d'une demi-seconde, leurs regards se croisèrent. Quelque chose passa entre eux, sombre, intense. Elle baissa les yeux. N'était-ce pas ce qu'exigeait la tradition attarie ? Ne pas sourire. Ne pas paraître trop empressée. Cela, au moins, elle n'avait aucun mal à s'y conformer.

Elle remonta lentement l'allée, jusqu'à voir apparaître dans son champ de vision les pieds de Sayid. Alors seulement, elle releva la tête. Comme elle, il était vêtu avec simplicité, à mi-chemin entre les styles attari et occidental : une chemise et un pantalon blancs, lâches sur sa carrure athlétique ; des chaussures blanches également, brodées de fil d'or. Seigneur… Après ses propos ignobles de la veille, elle n'aurait dû avoir que mépris pour lui. Et voilà qu'elle vacillait, éblouie par sa beauté ! Une part d'elle-même était d'ailleurs plus intriguée que choquée par ce qu'il lui avait dit. Cette part-là n'attendait qu'une chose : qu'il joigne le geste à la parole…

Bon sang, le moment était mal choisi pour avoir ce genre de pensée ! se tança-t-elle.

Sayid lui faisait face, sans toutefois la toucher, ce dont elle remerciait le ciel. Un répit de courte durée…

Comme la cérémonie débutait en arabe, il se pencha à son oreille. Le cœur de Chloé s'affola quand il se mit à lui traduire les mots de l'officiant, d'une intonation douce, caressante, sans rien de commun avec la façon dont il s'était adressé à elle la veille — mais tout aussi troublante. Les mots qu'il murmurait parlaient de tendresse, d'engagement ; pas de sexe, ni de domination. Ils décrivaient un lien profond, inaltérable, un lien dont elle ressentait chaque jour plus douloureusement l'absence dans sa vie.

Lorsque vint le moment des vœux, elle répéta les siens, dans un arabe inintelligible. Elle n'avait aucune idée de ce qu'elle promettait, et c'est avec soulagement qu'elle prononça le dernier mot. Sayid, lui, choisit de prononcer ses vœux en anglais.

— Je ne te quitterai, ni ne t'abandonnerai, énonça-t-il d'une voix forte, le regard fixé sur un point derrière elle.

Une chance, car le regarder dans les yeux était au-dessus de ses forces.

— Ta maison sera la mienne, car sans toi, je ne connais nul foyer. Ton peuple est mien, et mon peuple est tien. Là où tu meurs, je meurs avec toi, et là je repose. Que Dieu me punisse si autre chose que la mort nous sépare.

L'air manquait à Chloé. Un étau se resserrait autour de sa poitrine à chaque mot que prononçait Sayid. Elle aurait préféré que leurs vœux restent un mystère. Hermétiques, ils n'avaient aucun poids, aucune réalité. Leur sens éclairci, ils devenaient une chaîne invisible qui s'enroulait autour d'elle et Sayid, inexorablement. Et plus ce lien se renforçait, plus se déliait celui qui la rattachait à son ancienne vie. Que lui restait-il, désormais ? Attar, Aden…

Et Sayid.

Rien de tout cela n'est réel ! se rappela-t-elle avec l'énergie du désespoir. Ce n'était qu'un mariage de papier. Une imposture destinée à lui assurer une place dans la vie d'Aden. Rien de plus.

L'officiant reprit la parole, un bol rempli de miel à la main. Sayid traduisit pour son seul bénéfice :

— A Attar, la tradition veut que la première chose que goûtent les mariés soit sucrée, afin que le mariage leur soit doux.

Attrapant son poignet, il lui plongea le petit doigt dans le miel, puis l'aspira dans sa bouche. Ses lèvres étaient chaudes, sa langue voluptueuse tandis qu'il suçait le liquide sucré. Ce contact intime fit courir mille frissons le long de son échine. Il répéta l'opération avec son propre doigt qu'il pressa contre la barrière de ses lèvres Elle obéit et ouvrit la bouche pour lui.

Le goût du miel explosa sur son palais, délicieusement sucré. Puis sa douceur fondit dans l'âpreté salée de la peau de Sayid. Le contraste la grisa. Sans réfléchir, elle glissa la langue le long de son doigt, là où il n'y avait pas de miel ; une dose de Sayid pur, plus enivrante que le plus fort des alcools. Presque à contrecœur, elle le libéra.

Ils étaient officiellement mariés.

Sous les acclamations des invités et les flashs des photographes, Sayid lui prit la main. Un geste protocolaire — la raideur de ses doigts autour des siens le prouvait. Mais son corps ne semblait pas avoir compris le message. Une chaleur brûlante fusa dans ses veines. Elle avait beau le nier, ces choses qu'il lui avait dites la veille l'avaient excitée, tout comme le goût de sa peau à l'instant. Elle se sentait tout près de faire une découverte majeure. Et n'était-ce pas la démarche de tout scientifique d'aller au bout de sa curiosité ?

Sauf que ce problème-là ne se résolvait pas sur un tableau blanc. Sayid n'obéissait à aucune équation logique. La sensation de ses lèvres sur elle, ce déchaînement de passion qu'il lui offrait, sans retenue ni pudeur… Aucun protocole théorique ne les lui expliquerait.

Et toute autre approche était tout bonnement inenvisageable.

9.

Une somptueuse tente en tissu abritait le banquet. Suspendues aux montants, des lanternes en fer forgé projetaient leurs motifs étoilés sur les tapis qui couvraient le sol. Des coussins de soie accueillaient les invités devant de longues tables basses. Tous les clans d'Attar étaient représentés : leurs chefs présidaient chacune des tables, entourés de diplomates et d'officiers. Les serviteurs du palais étaient également présents, conviés à célébrer le futur aux côtés de leur cheikh. Après une cérémonie sobre et solennelle, les festivités débutaient enfin.

Hélas, Chloé n'était pas d'humeur à faire la fête. Elle et Sayid occupaient la place d'honneur, sur une estrade qui faisait d'eux le point de mire de l'assemblée. Une musique joyeuse se mêlait au brouhaha des rires et des conversations. Chloé avait l'impression que son crâne allait exploser. Sous l'effet de la tension, et plus encore des vœux qui tournaient en boucle dans sa tête…

Si autre chose que la mort nous sépare.

En l'occurrence, la majorité d'Aden. Elle et Sayid n'étaient pas vraiment mariés. Pas par ce lien spirituel profond évoqué lors de la cérémonie.

Seize ans ! Seize ans auprès de l'homme assis à ses côtés. Seize ans loin de chez elle. Sauf que Portland n'était plus tout à fait chez elle. Ni son ciel pluvieux, ni ses paysages verdoyants ne lui manquaient, et rien ne l'y rattachait plus. Lorsque Aden accéderait au trône, sonnant le glas de son mariage, comment y retourner ? Ce serait prétendre que sa vie avec lui, avec Sayid, n'avait jamais existé. Que ce à quoi elle aspirait avant pouvait encore la rendre heureuse. C'était impossible.

Restait Attar… S'y sentirait-elle chez elle un jour ? Et auprès de Sayid ?

Elle l'observa à la dérobée. Il était vraiment beau à se damner avec ses yeux d'ébène frangés de longs cils, ses pommettes hautes, son teint bronzé à la perfection. Et cette bouche… Sculptée. Sensuelle. Capable de prononcer les mots les plus cruels, mais aussi, devinait-elle, de donner les baisers les plus enflammés…

Ça suffit, se sermonna-t-elle. Penser à lui de cette façon était pure folie ! Et pourtant, elle mourait d'envie de se rapprocher de lui. De sentir ce corps musclé contre le sien et de goûter à ses lèvres qu'elle imaginait douces comme le miel.

Un roulement de djembé la tira de sa contemplation. Peu à peu, le brouhaha s'estompa et l'un des chefs de clan prit la parole.

— Il nous souhaite une longue vie de bonheur et beaucoup d'enfants, traduisit Sayid, rien que pour elle.

L'estomac de Chloé se noua.

— Aucune chance.

— A présent, il annonce que le moment est venu pour nous d'officialiser notre union.

— Comment cela ?

Sans répondre, Sayid lui offrit sa main pour l'aider à se relever et l'entraîna hors de la tente, sous les acclamations joyeuses des invités.

— Que voulait-il dire ? insista Chloé.

— Les vœux, le banquet font partie de la cérémonie. Mais le mariage n'est valide qu'une fois la mariée possédée par son époux.

— Pardon ?

Ses mots étaient délibérément provocateurs, elle le savait. Il n'ignorait rien de la fièvre qu'ils déclenchaient en elle.

— Aux Etats-Unis, un mariage est légal quand les deux

époux ont signé un contrat en présence de témoins. Ne me dites pas qu'à Attar, nous devons…

— C'est la coutume.

— Et vous le saviez ! l'accusa-t-elle avec colère. Vous m'aviez pourtant assuré que… que nous n'aurions pas à…

— Inutile de dramatiser, répliqua calmement Sayid.

Ses mots résonnèrent dans le vestibule vide. Le palais, d'ordinaire bourdonnant d'activité, était silencieux.

— Où est passé tout le monde ?

— Ils profitent de la fête, pendant que nous profitons de notre nuit de noces, susurra-t-il en s'avançant vers elle.

D'instinct, elle recula, jusqu'à se retrouver acculée au mur.

— Vous ne me forcerez pas à coucher avec vous…

— En aucun cas.

Il appuya une main contre le mur, tout près de son visage, et se pencha vers elle.

— Car nous savons tous les deux que vous en avez envie.

— C'est faux ! cracha-t-elle avec mépris.

— Menteuse. Je le lis dans vos yeux.

— Vous croyez peut-être que toutes les femmes se pâment devant vous ?

— Non, je crois ce que je vois. Vous me désirez autant que je vous désire, Chloé. Ne le niez pas.

— C'est faux, répéta-t-elle avec entêtement.

Une dénégation qui avait tout d'un défi. Un défi qu'elle avait lancé en toute connaissance de cause, car il avait raison : elle avait envie de lui, de goûter à ce dont elle s'était toujours privée par peur d'en devenir esclave.

Sayid posa une main sur sa hanche, caressant le fin tissu de sa robe. Sa chaleur la pénétrait comme une brûlure au fer rouge, allumant un brasier dans ses veines. Ses yeux ne quittaient pas les siens tandis qu'il remontait lentement vers sa taille, jusqu'à lui frôler la poitrine.

— Alors fuyez, murmura-t-il, les lèvres à quelques millimètres de son cou.

— Je… je…

Il glissa son autre main sur sa taille. Ses deux pouces étaient si proches, à présent ! Si proches de ses seins douloureusement tendus ! Elle brûlait qu'il s'en empare et lui prodigue enfin les caresses qu'elle attendait…

— Mais vous ne le ferez pas, chuchota-t-il, son souffle ardent sur sa peau. Comme moi, vous êtes consumée de désir.

Chloé déglutit avec peine. Son cœur battait si fort qu'il semblait sur le point d'éclater.

— Il y a une chose que je regrette…

— Quoi ? demanda-t-elle, la voix hachée.

— Que dans un mariage attari, les époux ne s'embrassent pas.

— Eh bien, moi, je ne le regrette pas.

De nouveau, elle le défiait. Et de nouveau, elle anticipait avec fièvre les conséquences.

— Vous n'êtes guère convaincante, décréta Sayid.

— C'est parce que je mens.

Il eut un petit rire et pressa les lèvres sur sa gorge.

— Oui…

Son doigt errait nonchalamment le long de son épaule, de son cou, s'approchant de sa bouche dont il traça le contour.

— C'est bien ce qu'il me semblait.

Ses lèvres effleurèrent les siennes, légères comme une aile de papillon.

— Dites-moi que vous en avez envie.

Chloé frémit. Il l'obligeait à le supplier. A trahir sa fierté et se présenter sans défense devant lui. Hélas, elle était déjà trop faible pour résister.

— J'en ai envie.

Il n'en fallut pas plus pour que sa bouche capture la sienne dans un baiser dévorant. Elle s'était souvent demandé quel effet cela ferait d'être embrassée…

Aujourd'hui, elle avait sa réponse. C'était merveilleux. Très sexy. Quand la langue de Sayid réclama le passage, ses lèvres s'entrouvrirent d'elles-mêmes.

Elle lui rendit son baiser, consciente de son inexpérience. Lorsqu'à son tour, elle glissa la langue dans sa bouche, ce n'était pas avec l'assurance sensuelle qu'il avait lui-même déployée. Mais en sentant ses bras se resserrer autour d'elle, elle oublia tous ses complexes. Elle s'accrocha à son cou, les doigts perdus dans ses cheveux, tandis qu'elle approfondissait son baiser. Le gémissement approbateur de Sayid se répercuta dans tout son être. Elle se sentit plaquée contre le mur, prisonnière entre ce corps viril et la surface dure et froide dans son dos. Mais elle s'en moquait. Du moment qu'il l'embrassait, la touchait, il pouvait bien faire d'elle ce qu'il lui plaisait…

Une sonnette d'alarme retentit en elle. Dans sa tête émergeait un souvenir confus. Un souvenir qu'elle n'aurait jamais dû laisser s'estomper.

— *Pourquoi restes-tu avec lui, maman ?*

— *Parce que même s'il me fait mal, parfois, lui seul sait m'emmener au paradis…*

Elle repoussa violemment Sayid. La panique la submergeait, plus forte que le plaisir qui lui avait fait perdre la tête jusqu'à agir comme sa mère.

— Stop, bégaya-t-elle, le souffle court.

Elle avait la nausée et les larmes lui brûlaient les yeux.

— Que se passe-t-il ? demanda Sayid.

— Ce qui se passe ? s'écria Chloé, se raccrochant désespérément à sa colère. Vous essayez de me dominer ! De me soumettre par le sexe ! Mais cela ne marchera pas !

— Ce n'était qu'un baiser, Chloé. Et je vous ai donné une chance de dire non.

— J'étais acculée contre le mur !

— Vous auriez pu me repousser, comme vous venez de le faire. Ne déformez pas la vérité parce que vous êtes prise de remords.

— Considérez notre mariage officialisé, car les choses n'iront pas plus loin, cracha-t-elle en le bousculant pour gagner l'escalier.

— Oh ! que non, répliqua Sayid. Il ne le sera que lorsque je vous aurai prise.

Elle fit volte-face.

— Ne parlez pas ainsi.

— Pourquoi ? Parce que cela vous excite ?

— Parce que c'est dégoûtant ! s'exclama-t-elle, une larme roulant sur sa joue. Vous avez tout pouvoir sur moi. Je ne vous laisserai pas prendre la seule chose qui m'appartienne encore !

Elle se rua dans l'escalier et courut s'enfermer dans sa chambre. La pièce était vide : Aden était déjà couché dans la nursery. Impossible de lui rendre visite puisqu'elle était censée passer la nuit avec son mari. Avec un soupir, elle se laissa tomber sur le tabouret, devant la coiffeuse. La nuit s'annonçait longue. Elle était bien trop agitée pour fermer l'œil… Mais tout l'or du monde ne la pousserait pas vers la chambre de Sayid.

Qu'est-ce qui avait provoqué la réaction de Chloé ? Sayid l'ignorait. Mais il devinait une souffrance secrète, semblable à la sienne. Dans son cas, la blessure était si douloureuse qu'il l'avait cautérisée à vif, au point de perdre toute sensibilité. Celle de Chloé, elle, était toujours béante et continuait à la tourmenter. Qu'était-il censé faire ? La rattraper ? En rester là ?

Il décida de la rejoindre. Parce qu'elle était sa femme et qu'elle souffrait. Parce que pour la première fois depuis longtemps, il avait envie de faire ce qui était juste. D'agir dans l'intérêt d'une personne et non de tout un peuple.

A la porte de sa chambre, il frappa. Aucune réponse. Peut-être craignait-elle d'avoir affaire à un domestique du palais ?

— C'est moi, dit-il à voix basse.

— Que voulez-vous ?

— Il faut qu'on parle.

— Eh bien, entrez, avant qu'on vous surprenne dans le couloir.

Il poussa la porte. Chloé était assise devant sa coiffeuse, les bras autour de ses genoux repliés, sa robe ivoire flottant autour d'elle. Il en eut un pincement au cœur.

— Que se passe-t-il ? demanda-t-il.

— Je vous l'ai déjà dit…

— Non, Chloé. Vous m'accusez de me comporter en brute. De chercher à vous dominer. Si c'était le cas, vous le sauriez.

Le rouge monta aux joues de la jeune femme.

— Mais vous en avez le pouvoir…

— L'attirance va dans les deux sens, décréta-t-il. Vous aussi avez le pouvoir de me faire perdre la tête. Comme tout à l'heure.

— Je… Non…

Il s'agenouilla devant elle et lui prit le menton entre le pouce et l'index.

— Si.

Pour prouver ses dires, il déposa un baiser sur ses lèvres. Son cœur battait à tout rompre lorsqu'il s'écarta. Son souffle était court, irrégulier. Depuis quand un simple baiser le mettait-il dans cet état ?

Le sexe avait toujours été facile pour lui. Les femmes aimaient sa virilité et le pouvoir dont il jouissait, aussi ne manquait-il jamais de partenaires pour assouvir ses pulsions. Un baiser n'était pour lui qu'un prélude à l'acte sexuel. Avec Chloé, pourtant, c'était différent. Il avait envie de l'embrasser lentement, sensuellement, jusqu'à ce qu'elle le supplie d'aller plus loin. Ce n'était plus seulement son propre plaisir qui comptait. Comment songer à la dominer alors qu'elle se tenait recroquevillée devant lui, si fragile qu'il craignait presque de la briser en la touchant ?

Une vague de tendresse le submergea. Que lui arrivait-il ? Sura seule avait su éveiller cette émotion en lui. Plus jamais il ne l'avait ressentie depuis. Il attendit que le souvenir de la femme et de l'enfant perdus étouffe cette faiblesse dans l'œuf. Qu'il lui rappelle pourquoi il n'avait pas le droit d'être un homme comme les autres. En vain.

— Regardez-moi, intima-t-il.

Chloé obéit.

— Pourquoi avez-vous peur de moi ?

— Je n'ai pas peur, protesta-t-elle. Pas de vous…

Sa voix se mua en murmure.

— J'ai peur des hommes.

Cette confession fit à Sayid l'effet d'un coup de poing.

— De *tous* les hommes ?

— Certains, seulement. Ceux qui aiment le pouvoir.

— Tous les hommes aiment le pouvoir. Qui choisirait d'être vulnérable ?

— C'est différent, expliqua Chloé. Il y a ceux qui veulent avoir le contrôle de leur vie. Comme moi quand c'était encore le cas…

— Vous avez l'impression de ne plus rien contrôler ?

— Nous savons tous les deux que c'est le cas, Sayid.

Il hocha la tête et elle continua :

— Et puis, il y a ceux qui aiment dominer. Ceux qui utilisent leur pouvoir pour contrôler les autres. Et certaines personnes se laissent faire, aveuglées par la passion…

Sayid connaissait ce genre d'hommes. Il avait passé une année entière entre les mains de tels salauds, qui aimaient faire mal et regarder les autres souffrir. Que Chloé le mît dans le même panier lui donnait la nausée.

— Qui vous a fait du mal, Chloé ?

Sa rage perçait dans sa voix. Tant mieux. Qu'elle l'entende. Il voulait qu'elle sache que l'homme qui l'avait blessée ne s'en sortirait pas indemne si leurs chemins venaient à se croiser. Sa fureur échappait à tout contrôle, aussi incongrue que l'élan de tendresse qui l'avait assailli plus tôt.

— Il ne m'a jamais touchée, assura Chloé. Je me suis toujours demandé pourquoi. Sans doute qu'ils se fichaient tous les deux que je sois là ou non…

— Qui ça, « ils » ? répéta Sayid.

— Mes parents. Mon père…

Elle prit une profonde inspiration.

— C'est l'un de mes premiers souvenirs. Je devais être très jeune, car je n'arrivais pas à attraper ce que je voulais dans le frigo. Quand je suis allée chercher ma mère dans sa chambre, j'ai vu mon père l'agripper par les épaules et la jeter violemment contre la commode. Elle s'est cogné la tête contre le coin en tombant. J'ai des centaines d'autres souvenirs similaires. Ma mère en sang, mon père la battant jusqu'à l'inconscience… Et autant d'eux s'embrassant et faisant l'amour contre le mur du couloir, comme si je n'existais pas.

Elle poussa un soupir.

— Je détestais cela. L'emprise qu'il avait sur elle. Sa faiblesse devant lui. Je détestais leur passion.

— Est-ce ce qui vous a incitée à devenir scientifique ?

— La science se fonde sur des faits. Son but est de décrypter l'univers et les règles qui le régissent.

— Vous espériez comprendre ?

— Plus maintenant. Il n'y a aucune réponse, car il s'agit d'émotion. Et l'émotion…

— … défie toute logique, compléta Sayid. Je suis d'accord.

— J'ai renoncé à tout pour Aden, murmura-t-elle, la voix empreinte de douceur. C'est normal, il a besoin de moi. Mais ma mère… Jamais je ne comprendrai ce qui la pousse à s'accrocher à ce monstre au mépris de sa dignité.

— Les gens sont irrationnels. Vous et moi avons vu la noirceur qui ronge le cœur humain.

— Oui. Et maintenant, je la vois partout.

Il hocha la tête.

— Il y a une certaine sagesse dans vos propos.

— Mais ?

— Mais je n'envisage pas les choses ainsi. Spéculer et s'inquiéter ne sert à rien. Quand je suis confronté à la violence, je l'élimine, point.

— J'aimerais être aussi forte. Combien de fois ai-je rêvé d'arrêter mon père ! Jusqu'au jour où j'ai demandé à ma mère pourquoi elle restait. Elle m'a dit que le plaisir qu'il lui donnait compensait sa brutalité. J'ai alors compris qu'elle n'avait aucune envie de le quitter.

— Sont-ils toujours ensemble ?

— Oui. Mais j'ai coupé les ponts depuis longtemps.

— Je comprends.

Regarder quelqu'un se faire torturer était un enfer. Il le savait mieux que quiconque. C'est pour cette raison qu'il avait toujours retenu ses cris en prison. L'éducation de son oncle l'y avait préparé. Quant à sa capture, elle résultait de sa seule faiblesse. La première depuis Sura, aux conséquences tout aussi tragiques. En déviant du plan visant à secourir ses hommes, il avait causé la perte d'innombrables autres…

— Tous les hommes ne sont pas comme votre père, dit-il. Moi, par exemple…

— Je sais.

Elle leva les yeux vers lui.

— Je… C'est difficile d'avoir confiance. Ce que ma raison me souffle…

— Votre corps le contredit ?

Elle acquiesça d'un signe de tête.

— Je vois très bien ce que vous voulez dire.

— N'avez-vous aucune émotion, Sayid ? Aucun désir ?

— Nous naissons tous avec des sentiments. Avec des besoins. La capacité à les ressentir m'a été arrachée très jeune, répondit-il spontanément.

Il eut une vision de Sura en robe blanche, un voile sur le visage. Sura, poussée de force dans une voiture, ses cris dispersés par le vent…

— Parfois, l'envie de retrouver cette capacité devient si forte qu'elle me consume de l'intérieur. Ne rien éprouver, même lorsqu'on le souhaite, est le pire des fardeaux.

Cet aveu bouleversa Chloé.

— Rien n'est irréversible. Peut-être…

— Je suis un soldat, Chloé, né pour porter les rêves des autres. Il n'y a pas de place dans mon cœur pour les miens. Un homme dans ma position ne saurait aimer, ni avoir de désirs propres. J'ai été éduqué dans ce sens.

— Comment ?

— Quand je cédais à un désir, on me battait. Si je réagissais à la douleur, les coups redoublaient. Avec le temps, j'ai appris à ne rien extérioriser.

— Non… Vos parents n'ont pas pu laisser faire une chose pareille, balbutia Chloé, horrifiée.

— Ce ne sont pas mes parents qui m'ont élevé, mais mon

oncle, expliqua Sayid. Aussi choquante que soit sa méthode, elle m'a sauvé la vie. C'est grâce à cet entraînement que j'ai survécu en prison. S'il avait été plus strict encore, je n'aurais même pas été capturé…

— Racontez-moi.

Pour la première fois, il eut envie de le faire.

— Nous traversions une forêt, en chemin vers le camp ennemi où étaient retenus plusieurs de mes hommes. Il s'agissait d'une mission d'infiltration. Le mot d'ordre était : pas de victimes, ni d'un côté ni de l'autre, sauf en cas de légitime défense. Alik Vasin était le cerveau de l'opération. Ses stratégies n'ont aucune faille.

— Que s'est-il passé ?

— J'ai quitté ma position pour secourir une femme sur le point d'être violée par deux soldats.

— Les avez-vous arrêtés ?

— Ils n'auront jamais l'occasion de recommencer, répondit-il sombrement.

Et il ne regrettait pas son geste.

— Qu'est-il arrivé ensuite ?

— Nous avons été repérés. Beaucoup de mes hommes ont été tués. D'autres capturés, dont moi.

— Et la femme ? demanda Chloé. S'en est-elle sortie ?

— Oui.

— Vous avez fait ce qu'il fallait, affirma-t-elle. Ce que n'importe quel homme décent aurait fait…

— Je suis un soldat, *habibti*. Pas un homme décent. Je sers l'intérêt général, tout en essayant de limiter les pertes. Ce jour-là, j'ai agi sous le coup de l'émotion. C'était une erreur.

— La femme que vous avez sauvée ne serait pas d'accord.

— Que faites-vous de celles dont les maris ne reviendront jamais à cause de ce même choix ?

Chloé baissa les yeux sans répondre.

— Voilà ce qu'est ma vie, Chloé. C'est parce que je dois prendre ce genre de décision que je n'ai pas droit à la moindre faiblesse.

— Et vous, dans tout cela ? Que voulez-vous ? insista la jeune femme.

— Ce que je veux ?

— Oui. Vous avez bien un but, des rêves d'avenir…

— J'ai toujours pensé que je mourrais au combat. C'est moi qui aurais dû partir le premier. Pas Rashid.

— Mais vous aussi, vous êtes une personne !

— Je suis un symbole. Comme mon frère, et comme Aden. Mais ce que je symbolise est différent. Je ne suis pas le cœur, mais la main armée. Je représente la force, la protection, le châtiment. C'est ce que je *suis*. Si j'échoue, le pays sombre avec moi.

Chloé sonda son regard et trembla. Ce qu'il affirmait avec une telle conviction, c'est qu'il n'y avait rien de plus derrière l'homme qu'elle connaissait. Il n'était qu'une machine, l'instrument de la volonté de son peuple. Et pour la première fois, elle le croyait. Car aucune flamme n'éclairait ses yeux, aucune vie. Pourtant… Ce baiser dans le couloir… Cette chaleur qui l'avait envahie… Et toute cette colère en lui, elle ne l'avait pourtant pas rêvée !

— Quel avantage y a-t-il à ressentir ? poursuivit-il. Bien sûr, se couper de ses émotions, c'est renoncer à la beauté. A la passion. Mais regardez où la passion a mené vos parents ?

Elle hocha lentement la tête.

— Je sais…

— Lors de cette mission, il y a six ans, j'ai été fait prisonnier. Ils m'ont gardé un an avant qu'Alik ne me retrouve et parvienne à me faire évader. Pendant un an, ils m'ont torturé chaque jour. Pour me briser. Pour me soutirer des secrets d'Etat. Ce qui m'a sauvé, c'est ce vide en moi, là où auraient dû se trouver mes émotions.

Et aujourd'hui, ce vide le tuait à petit feu, songea Chloé, sentant presque sur sa poitrine ce poids qui l'écrasait. Comme lui, elle s'était détachée de ses émotions. En se réfugiant dans les livres, dans la science. En gardant ses distances avec les hommes et le sexe. Malgré cela, elle n'avait jamais perdu le désir d'aimer et d'être aimée — et elle en remerciait le ciel.

— Je suis désolée, Sayid.

— Je n'ai pas besoin de votre pitié.

Pourtant, c'était la vérité. Elle était désolée, même s'il refusait de l'entendre. L'imaginer aux mains de ses bourreaux lui vrillait le cœur. Toutes ces émotions qu'il refoulait, elle les ressentait à sa place, et leur violence la paralysait. Pas étonnant qu'il préférât le vide…

— Que désirez-vous ? l'encouragea-t-elle doucement.

Il ferma les yeux un instant.

— Je ne sais pas.

— Comment pouvez-vous l'ignorer ?

— Cela n'a jamais eu d'importance.

Un mensonge, pensa-t-elle. Cela en avait certainement eu, autrefois.

— Il y a bien quelque chose… Quelqu'un… Des maîtresses ?

— Des maîtresses, oui, j'en ai eu. Mais les désirais-je vraiment ? Vous, en revanche…

Il tendit la main et lui caressa la joue avec une étonnante douceur.

— Un homme pourrait se perdre en vous.

— Un homme ?

— Oui.

— Mais pas vous ?

Elle plongea les yeux dans les siens. C'était comme glisser dans des ténèbres abyssales.

— Parlez-moi de vous, dit-il, changeant de sujet. Comment se fait-il que Tamara et vous ayez eu une enfance si différente ?

— La mère de Tamara a quitté mon père, expliqua-t-elle. Tamara avait presque dix ans de plus que moi. Elle n'a jamais connu la violence, car sa mère est partie dès la première gifle. La mienne est restée. Elle laisse mon père la maltraiter en échange du plaisir qu'il lui offre.

— C'est pour cela que vous avez peur quand je vous touche ?

Sayid bouillait de colère. La brutalité de sa propre éducation se justifiait. Mais Chloé n'était qu'une enfant innocente. Elle n'avait pas mérité de voir ce qu'elle avait vu.

— J'ai peur de moi-même, souffla-t-elle. Car ce pourrait être moi, n'est-ce pas ? Moi offrant tout pouvoir à un homme sur mon corps…

Sa voix se brisa.

— Peut-être est-ce vrai qu'il vaut mieux ne rien ressentir. Je n'en suis jamais arrivée à cette extrémité, mais…

— Mais quoi ? l'encouragea Sayid.

— Mais j'ai toujours fait en sorte de garder le contrôle de mon corps. De ne pas me laisser gouverner par la passion.

Un feu s'embrasa dans les veines de Sayid. Il brûlait de goûter à cette passion. De s'y soumettre corps et âme. Pour une fois, il avait envie d'être forcé de *ressentir* et non l'inverse. Ses défenses s'effritaient une à une sous la puissance de ce désir.

Il contempla le foulard couvrant les cheveux de Chloé, et une idée lui vint.

— Cela vous tenterait-il de contrôler votre passion ?

10.

— Que voulez-vous dire ?

Le cœur de Chloé battait à tout rompre sous l'intensité du regard de Sayid.

— Vous avez autant de pouvoir sur moi que moi sur vous, Chloé. Sachez-le.

Sa voix avait une intonation étrange, agitée, qui la rendait nerveuse.

— Je vais vous donner quelque chose.

— Quoi ?

Il tira sur le foulard qui couvrait ses cheveux et le fit glisser entre ses doigts.

— Le contrôle.

— Mais… je croyais que vous en aviez besoin ?

— Je ne le cède jamais de mon plein gré. Sauf ce soir.

Lentement, il enroula le carré de soie autour de son poignet.

— A partir de demain, nous n'aurons plus à partager la même chambre. Mais ce soir, nous n'avons pas le choix.

Elle hocha la tête sans répondre. Elle n'avait pas envie de parler. Seulement d'écouter ce qu'il avait à dire, captivée par ses mots, incapable de résister.

Il ouvrit l'armoire, qui renfermait ses vêtements ainsi que plusieurs tenues traditionnelles attaries, et en sortit un long foulard rouge.

— Cette nuit, rien d'autre n'arrivera que ce que vous aurez décidé. Je vous en fais le serment, Chloé. Le pouvoir vous appartient.

Il étala les deux écharpes de soie sur le lit, puis retira sa chemise. Le cœur de Chloé manqua un battement. Musclé et large d'épaules, il possédait un véritable corps d'athlète. Un duvet noir courait sur son torse bronzé, ses abdominaux d'acier, accentuant son côté viril. Rien à voir avec ses collègues scientifiques, chétifs ou empâtés, tous blancs comme des cachets d'aspirine. Sayid, lui, était la perfection masculine incarnée. Et il l'attirait irrésistiblement…

— Pourquoi avez-vous enlevé votre chemise ?

— Parce que si vous avez envie de le faire plus tard, ce sera compliqué.

Il s'assit sur le bord du lit et lui tendit les deux foulards, qu'elle prit d'un geste machinal.

— Je veux que vous m'attachiez les poignets.

Le choc la laissa sans voix.

— Je… je ne peux pas ! Pourquoi ferais-je une chose pareille ?

Elle l'imagina captif aux mains de ses tortionnaires. Et voilà qu'il lui demandait de l'attacher ! La confiance qu'il plaçait en elle força son admiration. Il l'obligeait à faire un choix, à prendre sa vie en main au lieu de se laisser porter. Et elle avait très envie de répondre à l'invitation…

Il se plaça au milieu du lit, d'un mouvement souple qui fit jouer ses muscles.

— Attachez-moi. Après quoi, à vous de voir.

La peur s'empara de Chloé. Une peur mêlée du désir de faire ce qu'il demandait, de le réduire à sa merci pour le toucher et l'explorer à sa guise.

— Voyez cela comme une expérience scientifique, l'encouragea-t-il, la voix rauque.

— Je suis physicienne théoricienne. Je… je ne pratique pas d'expériences. Mon rôle consiste à imaginer leur déroulement et à le traduire sous forme d'équation. Par exemple, vous plus moi, plus ces écharpes égalent… un moment potentiellement agréable. Ensuite, je… je rédige mes conclusions.

— Pas très excitant…

— Mais sûr à cent pour cent.

— Rien n'est jamais sûr à cent pour cent, Chloé. Notre situation actuelle en est la preuve.

Elle baissa les yeux sur les foulards dans sa main. C'est vrai, rien n'était jamais sûr. Des plans infaillibles échouaient. Des gens mouraient. Un an plus tôt, elle était une étudiante ordinaire, résolue à n'avoir ni relations, ni enfants. Aujourd'hui, elle était là, avec Sayid. Mariée. Une mère pour Aden. Rien ne s'était passé comme prévu. Elle avait vécu dans la peur, sans prendre aucun risque. Mais était-ce vraiment vivre ?

Ces dernières semaines avec Aden avaient été éprouvantes, mais aussi les plus merveilleuses de sa vie. L'amour qu'elle avait trouvé auprès de lui dépassait les mots. Et puis, il y avait Sayid. Les sentiments qu'il faisait naître en elle. Ce désir qui la consumait au mépris de ses inhibitions, un désir brûlant, impérieux, qui la faisait se sentir plus vivante que jamais. Le choix lui appartenait : vivre comme elle avait toujours vécu avant Aden…

Ou plonger dans l'inconnu.

Elle saisit un foulard, tout en dévorant Sayid des yeux. Ses seins lui faisaient mal sous l'effet du désir qui pulsait entre ses cuisses. Oh ! elle savait ce qu'était le sexe. Elle avait vu ses parents en pleine action dans leurs instants de passion. Mais en pratique… C'était bien une expérience scientifique, pensa-t-elle. Un moyen de posséder Sayid, de goûter à son pouvoir, sans tomber sous son joug.

— Allongez-vous et placez vos mains sous votre tête, intima-t-elle, d'une voix qu'elle ne se connaissait pas.

Il obéit, les yeux rivés aux siens. Son corps, dans cette position, était encore plus spectaculaire, le contour de ses muscles parfaitement dessiné.

— Etes-vous sûr de vouloir faire cela ?

— Je suis à votre merci, dit-il, le regard insondable.

— Je vous promets de ne rien faire contre votre gré.

Elle se sentait un peu ridicule de dire cela à cet homme cent fois plus fort qu'elle. Mais elle tenait à ce qu'il le sache. Il hocha la tête, toujours sans la quitter des yeux. Avec une légère inspiration, elle s'agenouilla sur le bord du lit et se pencha sur lui.

— Embrassez-moi…

Il s'exécuta, levant son visage vers le sien. Sa langue s'insinua entre ses lèvres, et elle lui rendit son baiser en y mettant sa colère, sa peur, sa passion, tous les sentiments qu'elle gardait enfouis en elle depuis trop longtemps. Lorsque leurs bouches se séparèrent, elle appuya le front contre le sien, le souffle court. Son cœur battait follement. Alors elle prit le foulard de soie blanc et l'attacha à la colonne du lit, avant d'enrouler l'autre extrémité autour du poignet de Sayid.

— Ça va, comme ça ? demanda-t-elle.

Il testa la solidité du lien.

— Oui. L'autre, maintenant.

Elle répéta l'opération avec le foulard rouge et son autre poignet. De nouveau, il tira sur l'entrave, qui résista.

— Est-ce trop serré ?

— Non.

Chloé en éprouva un certain soulagement. C'était important pour elle qu'il puisse se libérer s'il le souhaitait. Elle cherchait le pouvoir, mais pas la domination absolue. Jamais elle n'incarnerait ce qu'elle méprisait par-dessus tout.

— Et maintenant ?

— A vous de décider.

C'est à cet instant qu'elle comprit : Sayid avait besoin de cela autant qu'elle. Il avait besoin qu'elle allège son fardeau en prenant le contrôle. Qu'elle l'attache pour lui offrir autre chose que la douleur qu'il avait toujours connue.

— Je ne sais pas par où commencer…

Elle posa la main sur son torse. Sa peau était brûlante sous sa paume. C'était la première fois qu'elle touchait un homme de cette façon. Elle entreprit d'explorer sa musculature, promenant un doigt tremblant le long de ses pectoraux. Une expérience… Oui, c'était tout à fait cela. Une chance de se familiariser avec l'anatomie masculine. La science ne connaissait ni peur, ni émotion. Elle se contentait de satisfaire sa curiosité scientifique, rien d'autre. Le tout était de rester détachée de son sujet.

— Vous êtes en excellente condition physique, observa-t-elle, éprouvant la dureté de ses abdominaux.

Ses doigts rencontrèrent un sillon rugueux.

— Oh ! Sayid, vous avez des cicatrices…

— Beaucoup.

Elle devina qu'il ne parlait pas seulement des cicatrices visibles.

— Elles ont bien guéri. Si elles étaient aussi profondes qu'elles en ont l'air…

— C'est le cas. Vous comptez écrire tout cela sur votre tableau blanc ?

— Peut-être.

— Pourquoi parlez-vous autant ?

— Parce que je ne sais pas quoi faire d'autre, avoua-t-elle avec un rire nerveux. C'est la première fois que je me retrouve dans cette situation.

Un aveu délibérément évasif. Il comprendrait qu'elle n'avait jamais attaché un homme à un lit, pas qu'elle était vierge. Avant leur baiser dans le vestibule, elle n'avait même jamais été embrassée ! Au moins, à présent, les choses évolueraient à son rythme. C'était à elle de décider jusqu'où ils iraient ce soir. Et elle n'était pas sûre de savoir s'arrêter…

Elle l'embrassa de nouveau, puis délaissa sa bouche pour son cou, son torse, chacun de ses muscles se raidissant sous ses baisers.

— Vous aimez ? s'enquit-elle.

Il émit un son guttural qu'elle prit pour un oui. Comme elle traçait du bout de la langue la ligne de ses abdominaux, elle le sentit tressaillir.

— Si j'avais les mains libres…

— Mais ce n'est pas le cas.

Elle entrait peu à peu dans son rôle. Et Dieu que c'était bon ! Prendre le contrôle d'elle-même, de sa vie. Libérer Sayid de son fardeau.

— Cette nuit, vous m'appartenez.

Elle approcha la main de sa boucle de ceinture. Mais, face à l'impressionnante érection qui tendait le pantalon, elle hésita. Non, elle n'était pas encore prête. Elle voulait d'abord sentir sa peau nue contre la sienne. Glissant une main dans son dos, elle descendit la fermeture de sa robe qu'elle laissa tomber sur ses hanches, puis dégrafa son soutien-gorge.

Sa nudité la complexa, tout à coup. C'était moins le fait d'être exposée que l'imperfection de son corps. Les marques de sa grossesse récente. La peur d'une montée de lait intempestive.

— A quoi pensez-vous ? demanda Sayid.

— Et vous ? éluda-t-elle.

— Je suis trop distrait par vos seins pour penser. Ils sont magnifiques.

— Vous n'êtes pas difficile…

— Sur certaines choses.

— Tant mieux.

Car elle n'avait aucune idée de la manière de satisfaire un homme. Or, elle avait très envie de le satisfaire.

Elle se pencha et, quand elle pressa ses seins sensibles contre son torse, une onde de plaisir la traversa.

— Seigneur, c'est si bon !

— Pour moi aussi, susurra Sayid.

Elle cambra les reins, accentuant ses va-et-vient sensuels. Le désir s'embrasa d'un coup entre ses cuisses. Elle était moite, tourmentée par une soif que lui seul avait le pouvoir d'étancher.

Et elle était prête, à présent.

Intéressant, comme l'excitation atténuait la nervosité, nota-t-elle distraitement, les doigts sur la ceinture de son pantalon. En un éclair, elle le lui retira. Les battements de son cœur s'accélérèrent. C'était la première fois qu'elle contemplait un homme nu en érection. Et le spectacle était à couper le souffle ! Elle le savoura un moment, puis tendit la main vers le sexe érigé. Il était chaud au toucher, tout en puissance et en douceur. Un grognement franchit les lèvres de Sayid. Il brûlait d'être libéré, mais n'en fit pas la demande, et elle ne le lui proposa pas.

Enhardie, elle enveloppa sa virilité de ses doigts et serra, doucement d'abord, puis en appliquant une pression accrue. Sayid inspira brusquement, les muscles tendus à l'extrême.

— Vous aimez cela ?

— Oui, gémit-il avec effort.

— Je n'ai pas une grande expérience, s'excusa-t-elle, optant pour un nouvel euphémisme.

— Vous vous en sortez très bien…

Elle serra encore.

— Mieux que cela, même.

Une idée osée lui traversa l'esprit.

— Aimez-vous qu'on vous embrasse là avec la bouche ?

— Quoi ?

— Aimez-vous les fellations ?

Il eut un petit rire.

— Quel homme n'aime pas cela ?

— Je ne sais pas. Je vous l'ai dit, je n'ai pas beaucoup d'expérience. D'ailleurs, je ne l'ai jamais fait.

— Chloé…

Elle posa la langue à l'extrémité de son sexe. Un goût salé se répandit sur sa langue, qu'elle savoura. La sensation était agréable, presque autant que celle de sa peau contre la sienne. Après l'avoir caressé ainsi un moment, elle l'aspira entre ses lèvres. Quand Sayid tressaillit, elle devina à quel point il lui en coûtait d'être entravé.

— Chloé, lâcha-t-il, la voix éraillée. Il vaudrait mieux arrêter…

— Seulement si j'en ai envie, rétorqua-t-elle. Vous êtes à ma merci.

— Chloé, j'atteins mes limites…

Message reçu. Elle n'avait aucune envie d'en finir si vite. Mais l'étape suivante, le grand bond dans l'inconnu, la rendait nerveuse.

— Embrassez-moi, Chloé, dit Sayid d'un ton implorant.

Elle décida de lui accorder cette faveur et prit sa bouche avec fougue.

— Penchez-vous sur moi…

De nouveau, elle obéit et frissonna de plaisir lorsqu'il referma les lèvres sur un de ses tétons, qu'il se mit à sucer langoureusement.

— Attention, dit-elle en se dégageant. Ce geste pourrait avoir des conséquences indésirables…

Elle enleva sa robe. En culotte de dentelle blanche, ses complexes la rattrapèrent, et elle plaqua les mains sur son ventre.

— Non, réagit vivement Sayid. Ne vous cachez pas de moi. Enlevez votre culotte.

— C'est moi qui suis censée avoir le contrôle, lui rappela-t-elle.

— S'il vous plaît…

Ses doutes cédèrent la place à l'excitation. Il se fichait bien de son léger surpoids. Le regard admirateur dont il la couvait, son érection persistante, prouvaient bien qu'il avait hâte qu'elle passe à la suite. Justement, elle aussi.

— Puisque c'est demandé si gentiment…

Avec lenteur, elle fit glisser sa culotte le long de ses jambes. Enfin, elle fut nue devant lui, offerte à son regard. Son corps tout entier était comme parcouru de lave en fusion. De nouveau, l'anticipation supplantait la peur, et elle se plaça à califourchon sur lui, hésitant sur sa prochaine action.

— Vous réfléchissez trop.

— Il y a tant de choix, soupira-t-elle. Je veux être sûre de faire le bon.

— Pourquoi ne pas les faire tous ?

— Excellente idée !

Une main de chaque côté de ses jambes, elle embrassa l'intérieur de ses cuisses, en contournant son érection, cette fois. Cette caresse lui valut un grognement de frustration qui l'excita. Jamais avant elle n'avait joui d'un tel pouvoir. Elle n'avait pas su protéger sa mère autrefois, ni arrêter son père. Malgré sa volonté, son corps était faible. Mais ce soir, son corps et son esprit étaient à l'unisson. Pour la première fois, elle se sentait… *entière*.

Elle déposa une pluie de baisers sur son ventre, son torse, s'immobilisant à quelques millimètres de ses lèvres qu'elle taquina de son souffle. Qu'il s'arque pour capturer sa bouche, et elle reculait, hors d'atteinte. Dans un ultime effort, il parvint à se redresser et lui voler un langoureux baiser, avant de retomber, pantelant, sur le matelas.

— Avez-vous idée de ce que vous me faites ? murmura-t-il, la voix hachée.

— Non, quoi ?

Elle butina son menton, faisant courir sa langue le long de sa mâchoire.

— Chloé, s'il vous plaît.

C'était le désir qui parlait. Un désir primitif, presque désespéré. Malgré son inexpérience, elle savait exactement ce qu'il voulait. Une onde de plaisir fusa en elle au contact de son érection contre son clitoris. Seigneur, elle était si dure, si vigoureuse ! Mais c'était moins la douleur que l'inconnu qui l'effrayait. Une fois de plus, son univers s'apprêtait à basculer, comme un an auparavant, lorsqu'elle avait mis Aden au monde. Mais cette fois, c'était elle et elle seule qui l'avait décidé.

— Je vous veux, Sayid.

L'exprimer rendait son désir plus réel encore. Oui, elle le voulait. Elle voulait goûter au plaisir sans la peur, sans ces images de violence qui la suivaient depuis toujours. Désir, contact, intimité… Tout cela était enfin à sa portée.

— Prenez-moi, souffla Sayid.

Elle roula des hanches et, mains dans le dos, le guida en elle. La douleur lui arracha une grimace comme il s'enfonçait au cœur de sa féminité. Mais elle était prête pour lui — tellement prête ! Il souleva le bassin et elle s'accrocha à ses épaules, les ongles enfoncés dans sa chair, pour mieux s'offrir à sa possession. La douleur s'estompait, chassée par un plaisir grandissant. Lorsque enfin, il l'emplit tout entière, une merveilleuse sensation de plénitude l'envahit, d'une intensité inouïe.

— Oh oui ! C'est si bon !

De nouveau, il vint à sa rencontre. La caresse contre son bourgeon sensible lui procura une sensation délicieuse qui irradia dans tout son corps. Elle se mit à bouger sur lui, en quête d'une autre vague de bonheur…

— Soulevez les hanches, intima Sayid.

Elle obéit, son plaisir décuplé par le contact de sa chair gorgée de sève contre son clitoris. Ses reins s'embrasaient tandis qu'elle répétait le mouvement à l'infini. Le désir montait, enflait… C'était plus qu'elle ne pouvait endurer. Il lui fallait plus, *maintenant*.

Elle accéléra le rythme, mue par un sentiment d'urgence. Que cherchait-elle ? Elle n'aurait su dire, sinon que ce qui l'attendait à l'issu de cet exquis crescendo lui était plus vital que l'air qu'elle respirait. Soudain, sa tension explosa dans un feu d'artifice qui l'irradia tout entière. Elle s'accrocha à Sayid, emportée par l'extase, incapable de la moindre pensée rationnelle. Plus rien n'existait que le flot de sensations physiques qui déferlait en elle.

Comme dans un brouillard, elle sentit les muscles de Sayid se contracter sous ses doigts. D'un puissant coup de reins, il la rejoignit dans la jouissance, avec un cri guttural qu'elle recueillit sur ses lèvres. Le dernier écho d'une passion brute, débridée.

Loin d'en avoir peur, elle s'y offrit corps et âme.

11.

Sayid s'efforçait de reprendre son souffle, le cœur battant. Les muscles de ses bras et de son dos commençaient à lui faire mal. Il s'était déjà retrouvé en position d'impuissance avant. Enchaîné à un mur, conscient des tourments qui l'attendaient sans pouvoir s'y soustraire. Prisonnier de lui-même, incapable d'extérioriser sa douleur quand la femme qu'il aimait lui était enlevée, quand ses hommes tombaient autour de lui.

Qu'est-ce qui l'avait poussé à revivre l'expérience ? Difficile à dire. Un désir sombre de goûter une fois de plus à la captivité. Mais une captivité différente, source de plaisir. L'espace d'une nuit, il avait cédé à l'envie d'oublier tout ce qu'il avait appris et de voir ce qui arrivait s'il laissait libre cours à ses sensations.

Il avait sa réponse. Dans ses rêves où il se voyait attaché, ce ne serait plus le claquement du fouet qu'il attendrait désormais, mais la douceur des baisers de Chloé. Ce soir, il ne souhaitait qu'une chose : lui donner tout pouvoir sur lui. La serrer dans ses bras et s'abandonner à la chaleur des siens. Ses poignets liés l'en empêchaient.

— Chloé, appela-t-il doucement. Vous voulez bien me libérer ?

— Je croyais que je pouvais vous garder attaché toute la nuit, se plaignit-elle.

— Avez-vous toujours peur de moi ?

Il retint son souffle et attendit sa réponse.

— Non. Mais j'aime vous voir ainsi.

— C'est que… mon épaule droite commence à s'engourdir.

— Oh !

Elle s'empressa de dénouer ses liens. Sitôt libre, il dut lutter contre l'impulsion de rouler sur elle et presser ces courbes plantureuses contre lui.

— Je peux ?

Elle acquiesça d'un signe de tête. Il l'enlaça étroitement, caressant du bout des doigts le creux de sa taille, l'arrondi harmonieux de ses fesses.

— Qu'en dites-vous, professeur James ? L'expérience est-elle un succès ?

— Impossible à dire, répondit-elle en riant. Elle doit être répétée afin de comparer les résultats.

— Répétée ?

L'idée le séduisait. Mais les murs autour de son cœur supporteraient-ils un second assaut ? Jamais la jouissance n'avait été aussi intense. Une communion spirituelle autant que charnelle. L'espace d'un instant, il avait eu un aperçu de l'homme qu'il aurait été s'il n'avait pas été conditionné, vidé de toute émotion. Alors qu'il pliait sous le poids de tout ce qu'il réprimait depuis toujours, Chloé lui avait offert un répit. Et, pour la première fois de sa vie, il s'était senti léger comme l'air.

— Dans l'intérêt de la science, précisa-t-elle, avec un sérieux presque comique.

— Vous êtes très dévouée à votre travail.

— C'est vrai.

Elle promena un doigt paresseux sur son torse.

— Je suppose que nous avons légalisé notre union…

— Sans aucun doute possible.

Elle se redressa brusquement, aux aguets.

— Qu'y a-t-il ?

— Je reviens.

Elle enfila un peignoir et quitta précipitamment la chambre, pour réapparaître quelques minutes plus tard, Aden dans les bras.

— Désolée. Je l'ai entendu pleurer.

S'asseyant devant la coiffeuse, elle écarta un pan de son peignoir et offrit son sein au bébé. En la contemplant ainsi, Sayid comprit pourquoi elle avait tout quitté : elle était la mère d'Aden, quoi qu'en dise la génétique. Tandis que lui…

Lui ne serait jamais son père. Ni le mari de Chloé. Pas vraiment.

Un désir douloureux lui déchira la poitrine. Même s'il venait de le toucher du doigt, le bonheur lui demeurait interdit. Le désespoir de voir celle qu'il aimait mariée à un autre n'était rien à côté de celui qui l'accablait en cet instant. Passé et présent se mélangeaient sous ses yeux. Sura. Leur enfant qui n'avait jamais vu le jour… La nouvelle de sa grossesse l'avait rendu fou de joie. Il s'était imaginé cette même scène : Sura donnant le sein à leur bébé. Une image de bonheur absolu, devenue le symbole de ce à quoi il n'aurait jamais droit.

Il avait commis une erreur en baissant sa garde.

Ce qui était arrivé ce soir ne devait en aucun cas se reproduire.

Chloé déambulait dans les couloirs du palais comme une âme en peine. Une attitude typiquement féminine. Pathétique…

Sayid s'était montré si tendre, la veille, après leur étreinte. Mais à son retour de la nursery, où elle avait recouché Aden après lui avoir donné le sein, tout avait changé. Le mur entre eux était de nouveau en place, plus infranchissable que jamais, et ils s'étaient contentés de dormir, elle réduite à coller un pied contre son mollet pour recréer un semblant d'intimité.

Ils avaient fait l'amour. Cela signifiait-il quelque chose pour Sayid ? Avait-ce été aussi bon pour lui que pour elle ? Recommenceraient-ils ? Sans doute se serait-elle posé moins de questions si elle n'avait pas été vierge. Le souvenir de la nuit précédente lui revint : Sayid enfoui dans sa chair, les mains liées, le regard incandescent… Un frisson la parcourut. Elle brûlait de le sentir de nouveau en elle, encore, et encore.

Eviter les relations physiques avait été son choix ; le meilleur possible à ses yeux. Mais comment s'y tenir maintenant qu'elle avait goûté à Sayid ?

Elle avait vu le gouffre dans son âme, et ce puits sans fond l'avait terrifiée. A son contact, elle se sentait comme au bord d'un précipice. Une part d'elle craignait de tomber. L'autre avait envie de sauter à pieds joints.

Depuis qu'il avait quitté sa chambre à l'aube, elle l'évitait. A présent, le soleil de l'après-midi pailletait d'or la mer et incendiait les murs du palais.

— Cheikha…

Elle leva les yeux et découvrit Sayid, dont l'imposante carrure emplissait toute la largeur du couloir.

— Cheikh, répondit-elle, d'un ton qu'elle espérait aussi courtois et détaché que le sien, alors que son cœur battait la chamade.

— J'espère que vous êtes bien reposée.

Aucun sous-entendu dans sa voix. Aucun regard complice. Ainsi, il comptait faire comme si rien ne s'était passé. Etait-ce donc tout ce qu'elle méritait ?

— Parfaitement reposée, merci. Et vous ? Pas de brûlure aux poignets ?

Il arqua un sourcil.

— Je suis intact.

— Ravie de l'entendre.

— Chloé, ce qui s'est passé cette nuit ne doit pas se reproduire.

— Pourquoi ? s'écria-t-elle, incapable de retenir les mots qui se bousculaient sur ses lèvres. Vous n'avez pas aimé coucher avec moi ? Est-ce à cause de mon corps ? Ou parce que j'étais vierge et sans expérience ? C'est très intimidant, vous savez, d'avoir un homme nu à sa merci lorsqu'on n'a jamais…

— Vierge ? répéta Sayid avec froideur.

— Oui.

— Mais… vous avez mis au monde un enfant !

— Et alors ? Vous savez très bien comment il a été conçu.

— Et vous n'avez pas songé à me prévenir ?

— Donc *c'est* un problème.

— Evidemment ! rugit-il. Enfin, non. Ce n'est pas la raison pour laquelle nous devons en rester là.

— Alors pourquoi ?

— Bon sang, Chloé, vous n'êtes pas ma femme !

Elle cilla.

— Je le suis, Sayid. Nous sommes mariés…

— Uniquement sur le papier, dit-il d'une voix radoucie. Je refuse de rendre notre relation plus confuse qu'elle ne l'est déjà.

— Oh ! je vois. Et vous allez prétendre que je vous ai forcé à me faire l'amour en vous attachant ? A d'autres, Sayid. Vous avez eu mille fois l'occasion de dire non.

— J'aurais dû. Les choses n'étaient pas censées aller aussi loin entre nous. Et vous étiez vierge…

Il lâcha un juron.

— Ça suffit, grogna Chloé, agacée. Combien de fois comptez-vous le répéter ?

— Vous auriez dû m'en avertir.

— Que se serait-il passé si vous l'aviez su ? Rien ? Alors je suis contente de m'être tue, car j'avais besoin de cette expérience. Vous m'avez donné le pouvoir, Sayid. Pour la première fois, j'ai eu le sentiment de contrôler ma vie…

— C'est ridicule, la coupa-t-il, comme pour minimiser ce qu'ils avaient vécu. Vous êtes sur le point d'obtenir un doctorat. Ce n'est pas ce que j'appelle être inactif.

— Ma réussite universitaire n'est pas tout. A côté de cela, je vivais dans ma tête, Sayid. Et Aden… Aden m'a obligée à reprendre contact avec mon corps. A accepter que j'étais une femme, et non un cerveau ambulant. Hier soir, vous m'avez forcée à faire un choix au lieu de me laisser gouverner par la peur. Ce choix, je ne le regrette pas une seconde.

— Tant mieux.

— Mais vous, vous le regrettez, n'est-ce pas ?

— Je devrais, murmura-t-il.

— Pourquoi ?

— Parce que je ne suis pas l'homme pour lequel vous vous êtes préservée, Chloé…

— Oh ! par pitié, Sayid, je ne suis pas si naïve ! s'emporta-t-elle. Si je suis restée vierge, c'est par choix. J'ai mis un enfant au monde. J'ai vu mon père frapper ma mère jusqu'au sang, perdu ma demi-sœur avant même de la connaître. Comme si cela ne suffisait pas, j'ai dû me battre pour garder l'enfant que je considère comme mon fils. Alors cessez de me traiter en petite chose fragile qu'il faut protéger ! Vous avez grandi dans la violence ? Moi aussi. Il n'y a rien d'innocent en moi.

Elle prit une brève inspiration.

— C'est vrai, je n'avais jamais couché avec un homme. Je ne vous considère pas comme le prince charmant pour autant. Notre mariage ne me réjouit pas plus que vous, et ce n'est pas un peu de sexe qui va changer la donne.

— En êtes-vous sûre ?

— Certaine.

— Donc, vous me voulez chaque nuit dans votre lit ?

— Tant que cela nous convient à tous les deux.

Ces mots venaient-ils vraiment d'elle ? Elle ne se reconnaissait plus. Alors qu'elle aurait dû être d'accord avec lui et refuser qu'il la touche de nouveau, c'était tout l'inverse qui se produisait.

— Et avec les mains détachées ? dit-il en lui effleurant la joue. Si je suis libre de vous renverser sur le lit, comme dans mes fantasmes ? De vous agripper les hanches pour vous pénétrer d'un coup ? Est-ce toujours ce que vous voulez ?

Elle déglutit avec peine.

— Oui.

Qu'est-ce qui la rendait si courageuse, tout à coup ? Pourquoi ses mots ne l'effrayaient-ils pas ? Elle plongea les yeux dans ceux de Sayid et trouva sa réponse. Il avait beau prétendre ne rien ressentir, c'était faux. Un mensonge qu'il se racontait à lui-même et auquel il croyait dur comme fer. Mais elle n'était pas dupe. Le vrai Sayid était là, prisonnier de ces remparts dont il s'était entouré. Et elle avait confiance en lui.

— Je sais que vous ne me ferez aucun mal, affirma-t-elle.

Jamais vous ne retournerez mon désir contre moi, pas plus que vous ne chercherez à me soumettre par la violence. Ai-je tort ?

— Chloé…

— Je n'ai pas peur de vous, Sayid. Tout simplement parce que je n'ai aucune raison d'avoir peur, conclut-elle, une main posée sur son torse.

— Jamais je ne lèverais la main sur vous, Chloé. Mais il y a d'autres façons de blesser quelqu'un. Vous savez que je ne pourrai jamais vous aimer…

— Est-ce que je le demande ? l'interrompit-elle. Non. Au diable les contes de fées ! Je ne veux que ce feu entre nous, aussi longtemps qu'il brûlera. Avant, j'avais trop peur. Seule ma vie professionnelle comptait, aussi n'ai-je jamais cultivé la moindre relation…

— Sauf avec Aden.

— Aden est la première personne à qui je me sois sentie liée.

Après Tamara. Hélas, elle n'avait pas eu l'occasion d'approfondir ce lien. Aujourd'hui, elle éprouvait la même chose avec Sayid. Un effet secondaire du sexe, peut-être ? *Non.* Elle l'avait déjà ressenti lorsqu'ils avaient prononcé leurs vœux…

Peu importait. Elle n'avait pas envie de réfléchir. Seulement de s'abandonner au plaisir physique, d'embrasser cette part d'elle-même refoulée depuis trop longtemps. La sensation était libératrice.

— J'ai envie de vous, Sayid. Etes-vous prêt à faire face ?

Il eut un petit rire sans joie.

— *Habibti*, ce n'est pas de moi que vous devriez vous préoccuper.

— On ne sait jamais.

— Vous cherchez en moi quelque chose qui n'existe pas.

— Peut-être, admit-elle, frappée par cette vérité.

— Chloé, ce n'est pas ma captivité qui m'a rendu insensible. Je l'étais déjà avant d'être capturé, et c'est ce qui m'a sauvé. Je suis prêt à me jeter sur une bombe pour protéger une vie. Pas par bravoure, ni par héroïsme, mais parce que je n'ai aucun avenir, parce que rien n'a d'importance pour moi.

Cette confession l'horrifia. Elle refusait d'y croire. La vie avait plus que cela à lui offrir. Il *méritait* plus que cela. Se hissant sur la pointe des pieds, elle prit ses lèvres en un baiser possessif. Il l'embrassa avec la même fièvre, les mains plantées sur ses hanches. Lorsqu'ils se séparèrent, ils haletaient tous les deux.

Elle appuya son front contre le sien et ferma les yeux, envahie par une émotion qu'elle ne s'expliquait pas.

— Faites-moi une faveur, Sayid.

— Laquelle ?

— Ne vous jetez pas sur une bombe. Vous vous en fichez peut-être, mais pas moi.

Il resta un moment silencieux.

— Faites-moi une faveur, Chloé.

— Oui ?

— Ne vous attachez pas à moi.

Trop tard, songea-t-elle, mais elle n'en dit rien.

— Je vais essayer.

12.

Sayid était un stratège. Les risques qu'il prenait étaient toujours calculés. Sauf avec Chloé. Il avait été imprudent, aveugle aux signes de son innocence. Non parce qu'ils étaient invisibles : il avait *choisi* de ne pas les voir, mû par le besoin de se perdre en elle. De reprendre son souffle en profitant de la brèche ouverte dans ses défenses.

Il n'avait défloré qu'une seule femme avant, et s'était juré de ne jamais recommencer. Il n'était pas le partenaire adéquat pour cela. Sura… c'était différent. Il l'aimait. Il n'était qu'un adolescent, alors, pas encore brisé par l'éducation de son oncle. Leur amour était pur, la rencontre de deux cœurs autant que de deux corps. Mais cet adolescent était mort avec sa capacité à aimer. Ce n'était pas son cœur qui l'avait poussé vers Chloé. Il l'avait manipulée pour se libérer de ses démons. En lui donnant le contrôle dont elle avait besoin, oui. Mais la satisfaction qu'elle en avait retirée ne diminuait pas l'égoïsme de son acte.

Un acte qu'il ne parvenait pourtant pas à regretter. Tout comme il ne parvenait pas à oublier son offre de rester auprès de lui, aussi longtemps que tous deux le désireraient…

D'un geste las, il se passa la main dans les cheveux. Il ne se reconnaissait plus. Il avait l'impression d'habiter le corps d'un autre, un corps qui vibrait, palpitait, recouvrait peu à peu ses sensations. Cet éveil le terrifiait, autant qu'il lui rendait espoir.

As-tu oublié ? lui souffla une voix insidieuse. Les coups de Kalid, la perte de son seul amour. Cette vie volée avant même d'avoir éclos. Pour toutes ces raisons, il n'avait pas le droit de ressentir quoi que ce soit. *Jamais*.

Les murs de son bureau se refermaient sur lui — une fois de plus. Une prison dorée qui l'obligeait à disparaître en lui-même. Jour après jour, la couronne écrasait ses défenses, et Chloé accélérait la destruction.

Il ôta sa veste longue, symbole de son rang, se débarrassa de sa chemise bleu sombre frangée d'or, attribut de la royauté, et quitta le palais. Dehors, une brise légère atténuait la brûlure des rayons du soleil couchant. La mer étalait son immensité grise, dans un roulis incessant de vagues qui semblaient chasser l'horizon. Même face à ce spectacle, même hors de son bureau, dépouillé de ses habits royaux, il se sentait pris au piège. Captif de lui-même.

Il traversa la plage, s'appuya contre les rochers déchiquetés qui émergeaient du sable. La douleur était familière. Elle lui rappelait la prison ennemie. C'était rassurant d'attribuer son incessante impression de suffoquer à sa captivité au lieu d'admettre que son propre corps le tuait à petit feu…

— Sayid ?

Chloé s'avançait vers lui, cheveux de feu au vent, sa robe légère flottant autour de ses genoux.

— Que faites-vous ici, Chloé ?

— Je vous ai vu sur la plage…

— Et vous m'avez suivi. Où est Aden ?

— Il dort. La nourrice est avec lui.

— Je croyais pourtant vous avoir assez découragée, cet après-midi…

Elle le rejoignit près des rochers, à l'abri du vent, et sa crinière retomba en cascade cuivrée sur ses épaules.

— N'avons-nous pas déjà eu cette discussion ? répliqua-t-elle.

— Vous ignorez dans quoi vous vous engagez. Vous étiez vierge…

— Plus maintenant. Et être vierge ne fait pas de moi une idiote, Sayid. Je suis une scientifique. Faire l'amour n'a pas chamboulé mon monde.

— Vraiment ?

Il lui caressa la joue. Il aimait la toucher — une façon de retrouver la douceur de sa peau sous ses doigts, comme lorsqu'il avait serré son corps nu contre le sien.

— D'accord, peut-être un peu, admit-elle en rougissant.

— Chloé, vous devriez rentrer…

— Non. Ecoutez-moi bien, Sayid al-Kadar. Vous êtes peut-être déconnecté de vos émotions, mais pas moi. Je sais ce que je veux.

— C'est-à-dire moi ?

— Ne suis-je pas votre femme ?

— Non, Chloé. Vous ne l'êtes pas, assena-t-il froidement. Cette position vous met en danger, ne le comprenez-vous pas ?

— Je ne me sens pas en danger, objecta-t-elle. Vous êtes le seul homme que je n'aie pas craint de laisser m'approcher.

— Aux yeux du monde, vous êtes ma femme. Cela fait de vous la cible privilégiée d'attaques me visant en personne.

— Avec vous, je n'ai pas peur. Au contraire, je ne me suis jamais sentie aussi forte.

Elle s'approcha d'un pas, et il étouffa un peu moins.

— Vous ne feriez pas le poids face aux hommes que j'ai affrontés…

— Attar est-il en guerre, en ce moment ? demanda-t-elle.

— Non.

— Des menaces planent-elles sur le pays ?

— Tout est calme depuis mon retour. Le message d'Alik a eu un impact indéniable.

— Ce n'est donc pas cela qui vous inquiète.

— J'ai rencontré la pire engeance de l'humanité. Je sais de quoi elle est capable, insista-t-il. Imaginez ce que ces monstres auraient fait s'ils m'avaient découvert une faiblesse. Une femme, par exemple…

— Donc votre solution, c'est de vivre sans vous attacher à qui que ce soit ?

— C'est tout ce dont je suis capable, Chloé. J'ai été

conditionné à devenir une machine. Il est trop tard pour revenir en arrière.

A peine finissait-il sa phrase qu'elle l'embrassa comme elle seule savait le faire, maladroitement, mais avec passion, sans rien retenir.

— Une autre expérience ? murmura-t-il lorsque leurs bouches se désunirent.

— Non, dit-elle. Cette fois, ce n'est pas de la science.

— Je croyais que votre but était de tout expliquer ?

— Je ne veux pas expliquer ce qu'il y a entre nous. Seulement le vivre.

Elle noua les bras autour de son cou, et il l'écrasa contre lui. Déjà, ses mains cherchaient la douceur de ses courbes. Il sentait ses chaînes tomber une à une, ses murs s'écrouler. Une bouffée d'air frais s'engouffra dans son âme. Enfin, il respirait !

— Chloé, souffla-t-il, mêlant les doigts à ses cheveux.

Il lui inclina la tête pour prendre pleinement possession de sa bouche et goûter à l'essence même de Chloé. Ce n'était pas encore assez.

— Ne t'arrête pas, implora-t-elle comme il reprenait sa respiration.

— Aucun risque, *habibti*.

Il fit glisser les bretelles de sa robe sur ses épaules, dénudant ses seins généreux. Un désir primitif s'empara de lui, presque animal. Un désir tel qu'il ne s'était jamais permis d'éprouver.

— Derrière ces rochers, personne ne nous verra, fit-il, la bouche sur un mamelon rose.

Dieu, que cela lui avait manqué ! La caresser, goûter sa peau. Le gouffre en lui réclamait d'être comblé, par ce désir, par Chloé et Chloé seule.

— Sayid…, haleta-t-elle.

— Ne pas te toucher, c'était cela, la vraie torture, dit-il, effleurant du pouce un téton dressé.

Il leva les yeux et lut le désir sur son visage en feu.

— Pour moi aussi, souffla-t-elle.

De sa main libre, il moula l'arrondi de ses fesses, avant de la glisser sous la robe et la culotte de dentelle. Le contact satiné sous sa paume l'électrisa. Il aimait ce corps sensuel, tout en courbes, aimait sa féminité exacerbée. Chloé était tout ce qu'un homme pouvait désirer. Il s'empara de ses lèvres tremblantes, en même temps que ses doigts effleuraient le triangle secret entre ses cuisses.

— Tu as envie de moi, susurra-t-il.

— Oui…

— Dis-moi à quel point.

Il avait besoin de l'entendre. De laisser les mots pénétrer son âme.

— Tellement que c'en est un supplice, chuchota-t-elle en l'embrassant au creux de la gorge.

— Dis-moi ce que tu veux, insista-t-il, la paume sur son sexe brûlant.

— Toi. Je te veux en moi…

— Comme cela ?

Il glissa un doigt dans sa moiteur intime.

— Plus…

— Et là ?

Il introduisit un second doigt, qu'il fit aller et venir en elle. Elle s'arqua en gémissant, et le frottement de ses seins sur son torse mit ses sens en ébullition. Le seul spectacle de son plaisir menaçait de lui faire perdre le contrôle…

Non. Pas encore.

— Oh ! soupira-t-elle comme il retirait ses doigts.

— Ce n'est pas fini.

Inversant leurs places, il la plaqua contre les rochers et s'agenouilla devant elle. La position idéale pour donner à son corps toute l'attention qu'il méritait. Avec douceur, il tira sur la robe, qui tomba sur le sable, et déposa un baiser sur son ventre. Elle frémit sous ses lèvres, agrippée à ses cheveux tandis qu'il lui enlevait sa petite culotte. Nue devant lui, elle était absolument…

— Magnifique, souffla-t-il, effleurant du doigt les fines vergetures qui striaient son ventre. Tu es bel et bien la mère d'Aden. Tu l'as porté en toi, avec tout ce que cela implique. Je suis admiratif.

— Mon ventre est horrible…

— Pas du tout.

Il ponctua ses mots d'un autre baiser.

— Tu es sublime.

Ses lèvres s'égarèrent plus bas, vers le bouton sensible entre ses cuisses. Déjà, sa langue s'insinuait là où ses doigts s'étaient aventurés plus tôt. La poigne de Chloé se resserra sur ses cheveux. Des sons incohérents s'échappaient de sa gorge en écho au plaisir qu'il lui prodiguait. Lui se gorgeait de son essence, s'en imprégnait, mais ce n'était toujours pas assez. Son corps durci lui faisait mal, et plus encore le vide dans son âme.

— J'ai besoin de toi, Chloé. Maintenant.

— Prends-moi.

Il ne se le fit pas répéter. Son pantalon tomba sur le sable. L'instant d'après, il enroulait sa jambe autour de la taille avant de la pénétrer d'un puissant coup de reins.

— Je t'ai fait mal ? s'inquiéta-t-il.

Elle fit non de la tête, et il plongea de nouveau en elle, inlassablement. Les yeux fermés, il recherchait son plaisir, mais aussi ce sentiment de complétude auquel aspirait son être. Il voulait Chloé corps et âme, sans aucune barrière. Chacun de ses mouvements effritait un peu plus le mur érigé autour de son cœur, le rapprochant de sa libération.

— Oh oui ! cria Chloé, les ongles enfoncés dans sa chair.

Ses muscles intimes se resserrèrent autour de lui. L'orgasme la submergea, emportant avec lui ce qu'il lui restait de son sang-froid. Alors il lâcha prise à son tour. Et, dans l'extase qui l'envahissait, il sentit les pièces du puzzle de sa vie se mettre en place.

Il était enfin lui-même, tel qu'il aurait dû être. Esprit, corps et âme réunis. Un torrent d'émotions le submergeait, sans digue pour en contenir le flot.

Il entraîna Chloé sur le sable, toujours enfoui en elle. Embrassa ses cheveux, son visage, son cou. C'était tout ce qu'il pouvait faire : profiter de l'instant, le prolonger autant que possible.

Savourer ce bonheur qu'il savait éphémère.

Il faisait noir lorsque Chloé se réveilla. Elle s'était endormie sur la plage, nue dans les bras de Sayid. C'était si nouveau pour elle ! Peut-être parce que tout était différent, ici. La beauté sauvage du désert, l'immensité du ciel lui donnaient envie de se mettre au diapason et d'embrasser la vie comme jamais elle ne l'avait fait auparavant. Pour la première fois, elle se sentait chez elle à Attar, le corps chaud de Sayid pressé contre le sien.

— Sayid ?

— Tu te réveilles enfin.

— Hum… oui, bredouilla-t-elle. C'est normal, je suppose, d'être fatiguée après avoir pris tant de plaisir. De là à m'endormir sur la plage…

— Chloé… Toujours à raisonner.

— Sauf avec toi.

— Même chose pour moi.

Un silence tomba entre eux.

— Que s'est-il passé, Sayid ?

— Quand ?

— Avant la prison. Tu m'as dit y être entré tel que tu es maintenant. Que t'est-il arrivé ?

— J'ai été élevé par un homme de guerre, répondit-il. J'ai grandi sans affection.

— Moi aussi, j'ai grandi dans l'indifférence de mes parents, mais…

— Mais tu n'es pas comme moi ?

— Non. J'ai eu beau essayer de me détacher de mes émotions, de tout rationaliser… C'est impossible. Et je n'en ai plus envie.

— Parce que tu aimes Aden.

Il avait parlé très vite, avec fermeté, comme s'il craignait qu'elle ne lui confesse ses sentiments. Et n'était-elle pas tentée de le faire ? Tant pis s'il lui brisait le cœur. Accepter ce qu'elle ressentait était *sa* décision, motivée par le désir et non la peur.

— Oui, je l'aime. Et j'aimerais comprendre pourquoi toi, tu ne peux pas.

Il resta un long moment silencieux.

— Je n'en ai jamais parlé à personne, dit-il enfin.

— Moi non plus, je ne parlais jamais de mes parents. Mais depuis que je me suis confiée à toi, mes blessures commencent à cicatriser.

— Certaines blessures ne guérissent jamais, Chloé.

— S'il te plaît...

Ses bras se resserrèrent autour d'elle.

— Comme tu le sais, c'est mon oncle qui m'a élevé à partir de mes sept ans. Il m'a préparé à ma future fonction en me battant, en me séparant des autres enfants, en me volant mes photos de famille. Puis il m'a emmené vivre dans le désert avec les Bédouins. Une existence rude qui endurcit un homme. C'est là-bas que j'ai rencontré Sura.

Un éclair de jalousie vrilla le cœur de Chloé. Elle avait envie de se boucher les oreilles. Elle ne voulait rien savoir de cette femme qui avait volé le cœur de Sayid. Qui avait fait de lui l'homme qu'il était aujourd'hui, incapable de lui rendre ses sentiments. Elle se força pourtant à écouter. A comprendre.

— J'avais douze ans quand nous nous sommes rencontrés. J'avais envie de la protéger et de rester avec elle pour toujours. Elle est devenue ma meilleure amie. C'est elle qui me consolait après les mauvais traitements de mon oncle. Elle qui continuait à faire battre mon cœur. Elle était si jolie... A seize ans, j'ai compris que je l'aimais.

Il déglutit péniblement.

— Mais mon oncle n'était pas dupe. Ni son père à elle. Lorsqu'elle est tombée enceinte, notre relation a été découverte.

Chloé retint son souffle, la poitrine serrée. La fin de cette histoire ne s'annonçait pas heureuse...

— Quand j'ai appris pour le bébé, j'étais fou de joie,

poursuivit Sayid. Nous étions jeunes, bien sûr, mais… Je croyais avoir trouvé une faille dans le système. Une porte de sortie à l'enfer qu'on m'imposait. Hélas, on n'échappe pas à son destin.

— Que s'est-il passé ? demanda-t-elle, la gorge nouée.

— Quand son père a découvert la vérité, il l'a fait avorter dans une clinique en ville, avant de la marier de force à un chef de clan voisin qui se fichait d'avoir une femme impure, du moment qu'elle était jeune et jolie.

Elle sentit Sayid se raidir.

— Elle m'a appelé au secours, Chloé. Elle a hurlé mon nom… Mais ils m'ont immobilisé. Quand j'ai réussi à me dégager, l'un d'eux m'a assommé avec la crosse de son pistolet.

Une larme roula sur la joue de Chloé.

— Non…

— Le père de Sura ne voulait pas de moi pour sa fille. Mon oncle n'était donc pas l'unique responsable. Mais je sais qu'il a pris un malin plaisir à m'enseigner cette leçon. Après cela, je n'avais plus rien à perdre.

— Sayid, je suis désolée…

— Dans cette histoire, c'est Sura qui a le plus souffert. A la mort de Kalid, ma priorité a été d'envoyer mes hommes la secourir.

— Pourquoi ne pas y être allé toi-même ?

— Je n'avais plus rien à lui offrir. D'ailleurs, le premier mari de Sura était décédé. Depuis, elle vivait heureuse en ville avec un autre homme. Mais toutes ces années de souffrance, tout ce qu'elle a enduré à cause de son amour pour moi, la perte de notre enfant… Jamais je ne le pardonnerai à ces hommes.

Il secoua tristement la tête.

— J'étais si naïf, à seize ans. Malgré le rôle qui m'attendait, je croyais avoir droit à l'amour, à une famille. Quand j'ai appris que Sura allait être mariée à un autre…

Sa voix se brisa.

— C'est ma faute, Chloé. Kalid me l'a dit. J'ai fait d'elle une cible. Ce jour-là, je me suis juré de ne plus jamais trahir la moindre faiblesse. Et le plus simple était encore de n'en avoir aucune.

— Plus simple que de faire ton deuil…

— Plus simple que de voir un jour la femme que j'aime torturée par mes ennemis. Crois-moi, Chloé, ils n'hésiteraient pas une seconde. Comment combattre sur le champ de bataille lorsqu'on tient plus à sa famille qu'au peuple qu'on est censé protéger ?

— En étant un homme, pas une machine, répliqua-t-elle avec amertume.

— Je n'en ai pas le droit.

— Et cette vie, que t'apporte-t-elle ?

— C'est mon devoir, Chloé…

— Au diable le devoir ! s'emporta Chloé en se dégageant de ses bras. Qu'est-ce que tu veux, *toi* ?

— Cela n'a aucune importance.

— Bien sûr que si ! Ton oncle n'était qu'un pauvre type aigri et à côté de la plaque ! Je suis bien plus forte depuis que j'ai Aden. Avant, je me fichais de tout, la tête toujours fourrée dans mes livres. Mon travail était ma seule passion. Mon amour pour Aden est mille fois plus fort et a apporté une nouvelle dimension à ma vie !

— Ma situation est différente, Chloé.

Elle secoua la tête et entreprit de rassembler ses vêtements.

— Chloé, ton dos…

— Quoi ?

Elle se tâta le dos, surprise de sentir des zébrures sous ses doigts.

— Je t'ai fait mal…

— Mais non, protesta-t-elle. C'est à cause des rochers. Ce n'est rien.

— Ce n'est pas rien ! s'écria-t-il. Est-ce ce que tu es prête à accepter de moi ? Peut-être es-tu vraiment comme ta mère, et moi bel et bien un monstre.

Il se rhabilla et se leva.

— Ne dis pas cela, implora Chloé. C'est dégradant, pour toi comme pour moi.

— Mais proche de la vérité…

— Non. Tu ne m'as pas fait mal intentionnellement, Sayid.

— Un jour ou l'autre, tu souffriras par ma faute, prédit-il, la mine sombre. C'est inévitable. Un peu de sexe en échange n'en vaut pas la peine.

— Ce n'était pas que du sexe…

— Ecoute-toi, Chloé ! Tu ne sais rien des hommes ! Rien des relations ! Tu ne connais que tes livres et tes théories. Je n'ai rien à t'offrir. Rien de plus que cela…

Il désigna les marques sur son dos.

— C'est faux, affirma Chloé. Nous le savons tous les deux. Ce n'est pas moi que tu cherches à protéger, mais toi-même.

— Et toi, tu t'accroches à quelque chose qui n'existe pas.

Il lui saisit la main et la plaqua contre son torse.

— Rien ne bat, ici. Ni pour toi, ni pour personne.

Elle le regarda s'éloigner, sa robe serrée contre sa poitrine. Sans doute se serait-elle effondrée de désespoir…

Si elle l'avait cru.

Si elle n'avait lu la détresse dans ses yeux, reflet d'une émotion bien réelle. Ou plutôt, d'un trop-plein d'émotions sur le point de l'engloutir.

Elle avait vu un homme en train de sombrer. Si elle ne le sauvait pas, personne d'autre ne le ferait.

13.

Si Chloé avait appris une chose ces dernières semaines, c'était l'importance de la stratégie. Celle de Sayid consistait à mentir, au monde et à lui-même. La sienne serait de l'en empêcher. Après quelques jours de répit, elle était prête à passer à l'attaque, tant que sa garde était encore baissée. Et elle l'était. Pourquoi, sinon, aurait-il mis tant d'énergie à la repousser ?

— Bonsoir, Sayid, dit-elle en entrant dans la salle à manger, Aden dans les bras.

Elle le trouva assis à table, son ordinateur portable ouvert devant lui, son dîner à peine entamé.

— Chloé. Je ne m'attendais pas à te voir.

— Compréhensible, après m'avoir fait l'amour sur la plage pour ensuite m'accuser d'être comme ma mère. Mais je ne t'en tiens pas rigueur. Une chance, non ?

— Si l'on veut.

— Attends que je te fasse part de ma dernière découverte. Un débouché intéressant à la mécanique quantique…

Elle prit place à table, Aden sur les genoux.

— Vois-tu un inconvénient à ce que je dîne avec toi ?

Il haussa un sourcil, mais n'émit aucune objection, se contentant d'appuyer sur un bouton situé sous la table. Un domestique se matérialisa presque aussitôt, à qui il ordonna d'installer un second couvert. L'employé inclina la tête et s'éclipsa comme il était venu.

— Merci, dit Chloé avec son plus beau sourire.

— De rien, répondit Sayid d'un ton égal.

— Pour quelqu'un qui se prétend dénué d'émotions, tu sembles passablement dérangé par ma présence.

— Pas du tout.

— Oh. J'aurais cru…

Son dîner — un plat de faisan sur lit de quinoa et de légumes — arriva quelques minutes plus tard. Elle remercia le domestique, avant de reporter son attention sur Sayid.

— Comment s'est passée ta journée ? s'enquit-elle poliment.

Il fronça les sourcils.

— Depuis quand parlons-nous de la pluie et du beau temps ?

— N'est-ce pas ainsi que deux personnes font connaissance ?

— Un peu de sexe torride fonctionne tout aussi bien.

Le sang monta aux joues de Chloé.

— Epargne-moi ton numéro de macho. Cela ne m'intimide pas.

— Je ne cherche pas à t'intimider. Je me contente d'appeler un chat un chat.

Elle baissa les yeux sur son assiette et fit ostensiblement mine d'être gênée par Aden pour manier sa fourchette.

— Tu veux bien le tenir, le temps que je mange ?

— Appelle la nourrice, répondit Sayid.

— Je lui ai donné sa journée. Tout le monde a besoin de vacances.

Surtout quand cela servait ses plans…

— Qu'est-ce que cela te fait de le porter ? insista-t-elle, le regard planté dans le sien.

Le défi était lancé. S'il ne ressentait rien comme il le prétendait, tenir Aden le laisserait de marbre. Mais elle savait qu'il n'en serait rien. Et sans doute le soupçonnait-il aussi.

— Donne-le-moi, grogna Sayid.

Aden était toute sa vie, comprit Chloé. Elle avait tout quitté par amour pour lui. Le lui confier représentait donc la plus belle marque de confiance qu'elle puisse lui accorder. Il le comprendrait certainement. Le moment était venu de refermer la blessure causée par la terrible perte qu'il avait subie autrefois.

Elle contourna la table avec Aden.

— Soutiens-lui la tête, préconisa-t-elle en le déposant dans ses bras.

Il leva le visage vers elle. Un visage dur, fermé. Il se cachait derrière ses murs, acculé par l'émotion qui le submergeait. Elle en était convaincue, à présent.

— Tu vois ? Il ne pleure même pas. Il a reconnu son oncle.

Le malaise de Sayid était palpable, mais ses gestes doux avec le bébé, qu'il serrait contre lui. Elle regagna sa place, un œil sur eux tandis qu'elle mangeait. Elle gardait volontairement le silence afin que Sayid vive pleinement l'expérience. Une stratégie payante : une expression farouche se peignit sur ses traits, mélange de vulnérabilité et d'instinct de protection. Cela ne dura qu'un instant. Déjà, sa dureté habituelle reprenait le dessus, et il détourna les yeux d'Aden.

— As-tu fini ? s'enquit-il, la voix tendue.

— Presque.

— J'ai du travail, Chloé.

— Et moi, un repas à terminer.

— Je suis le cheikh. Considère que les affaires du royaume priment sur ta capacité à finir seule ton assiette.

Il se leva, déposa d'autorité Aden dans ses bras et quitta la salle à manger. Et Chloé, impuissante, ne put que regarder son dos qui s'éloignait.

Sayid étouffait. Que lui avait-elle fait ? Il tenait Aden dans ses bras et tout allait bien. Jusqu'au moment où il s'était perdu dans ses yeux bleus. Quelque chose lui avait vrillé l'âme. Une brusque panique l'avait envahi, dont il sentait encore les doigts glacés autour de sa gorge. A la douleur du passé s'était mêlée une détresse plus vive encore, face à ce bonheur si proche et pourtant hors d'atteinte.

Depuis cette nuit sur la plage, il évitait Chloé. Depuis qu'il s'était mis à nu en lui parlant de Sura. Qu'il l'avait meurtrie, physiquement et émotionnellement. Ce moment de liberté dans ses bras, où il s'était enfin senti lui-même, n'était pas sans prix. Avec quelle facilité ses années de conditionnement avaient été réduites à néant ! Tout cela à cause d'une femme. *Non*… A cause de Chloé.

Il avait pris la fuite. Tenté de lui faire peur, de la blesser pour ne pas lui faire plus mal encore en lui brisant le cœur. Mais elle avait tenu bon. Sa Chloé était têtue. Et si courageuse ! La garder à ses côtés était son vœu le plus cher. Mais lui, qu'avait-il à lui offrir ? Rien. Il se réchaufferait à sa chaleur, aspirerait sa lumière et sa force, pour ne lui laisser que vide et ténèbres en retour…

— Sayid ?

Chloé venait d'apparaître sur le seuil.

— Que veux-tu, Chloé ?

— Aden est au lit pour la nuit. J'ai pensé que nous pourrions discuter…

— Va-t'en.

— Pourquoi ? Parce que je ne suis bonne qu'à assouvir tes pulsions sexuelles ?

— Tout a déjà été dit, trancha-t-il.

— Non. Tu m'as jeté mes quatre vérités à la figure, en prétendant savoir qui j'étais, ce que je pensais, ce que je ressentais. Et tu avais tort sur toute la ligne. A mon tour de parler.

— Pars, Chloé. Maintenant.

— Tu prétends ne rien éprouver ? continua-t-elle, ignorant son injonction. C'est faux. Tu n'es pas insensible quand tu me touches, ni quand tu portes Aden. En ce moment même, tu as peur…

— Tu crois avoir percé le secret de mon cœur, Chloé ? Tu penses tout savoir de la noirceur humaine ? Mais tu n'as pas vu ce que *moi*, j'ai vu. J'ai tué des hommes, et sans remords, car c'était pour mon pays. Pour mon peuple. La seule façon d'y parvenir était de me détacher de tout le reste.

— Personne n'échappe aux émotions, Sayid. Pas même toi.

— D’accord, Chloé. Tu veux que je m’ouvre à toi, c’est cela ?

Elle croisa les bras sous sa poitrine, l’air déterminé.

— Oui.

— Eh bien, tu as raison. Je n’échappe pas aux émotions. Et tu veux savoir ce que je ressens ? De la colère. Tout le temps. Contre tout le monde. Contre ma vie, contre le fardeau sur mes épaules… C’est pire que ne rien ressentir du tout, car cette colère consume toute la beauté que la vie a à offrir. Elle ne laisse de place ni à l’amour, ni au bonheur.

— Le jour où tu as perdu Sura, tu as préféré embrasser cette colère plutôt que souffrir. Je le comprends, murmura Chloé. Mais ne crois-tu pas qu’il est temps d’aller de l’avant ?

— Il ne s’agit pas de Sura, ni du bébé, répliqua-t-il. Il y a longtemps que j’ai tourné la page. Mais la leçon, elle, reste gravée en moi.

— Quelle leçon ?

— La sécurité d’Attar prime sur mes aspirations. On ne sert que ses propres intérêts ou ceux des autres, jamais les deux.

— Ce n’est pas ton peuple que tu protèges, mais toi-même, riposta la jeune femme. Tu as subi la plus terrible des pertes et décidé de ne plus jamais prendre ce risque.

— Tu me traites de lâche ?

— Non, Sayid. Tu n’es pas plus lâche qu’un autre. Pas plus que moi. Moi aussi, j’avais peur. Des hommes, des relations. J’avais peur d’essayer et peur de faire confiance. C’était plus simple de me cacher derrière ma souffrance que de la surmonter. C’est pour cette même raison que tu me repousses, n’est-ce pas ? Parce que tu as des sentiments pour moi.

— Non, Chloé.

— Alors pourquoi ne peux-tu coucher avec moi sans te soucier de ce que je ressens ? Sans chercher à me protéger ? Si tu étais une machine, tu t’en ficherais, mais ce n’est pas le cas. Tu n’as jamais eu le contrôle de ta vie, Sayid. C’est ton oncle qui te contrôlait. Il t’a tout volé, ton amour, ton bonheur, sous prétexte que tu n'y avais pas droit. Enfant, tu n'avais aucun moyen de te défendre. Mais tu es adulte, aujourd'hui. Alors agis ! Reprends ce qui t'appartient !

— Non. Je refuse de redevenir faible.

— Parce que c'est cela, être fort ? Se couper de la réalité ? D'un neveu et d'une femme qui t'aiment ?

— Chloé, s'il te plaît…

— Non, Sayid. Je n'ai plus peur et je ne veux plus me cacher. Je t'aime.

Ces mots lui firent l'effet d'une écharde en plein cœur. Plus que jamais, il avait envie de la serrer contre lui. D'accepter cet amour pour guérir son âme. Mais à quelle fin ? La garder auprès de lui jusqu'à ce qu'elle réalise son erreur ? Qu'elle comprenne qu'il était incapable de lui donner ce qu'elle attendait ? Non. Jamais il ne lui ferait cela. Ni à elle, ni à Aden.

— Ne tombe pas amoureuse de moi, Chloé.

— Trop tard, répondit-elle. A ton tour de faire un choix, au lieu d'accepter passivement ton destin.

— Passif, moi ? Je suis un guerrier !

— C'est plus facile de se battre que d'écouter son cœur.

— Mon cœur est une pierre. Je n'ai pas besoin de ton amour.

Elle recula comme s'il l'avait giflée.

— Lâche, murmura-t-elle, ses yeux bleus embués de larmes.

— Bon sang, Chloé ! Des hommes sont morts à cause de ma faiblesse ! Et Sura… C'est parce qu'elle m'aimait qu'elle a souffert. Voilà ce qui arrive quand je donne libre cours à mes sentiments. Je refuse de répéter la même erreur. Je regagnerai la capitale demain. Toi et Aden pouvez rester ici, si vous le souhaitez…

— Dis-moi que tu ne m'aimes pas, Sayid.

Il soutint son regard malgré l'étau qui lui comprimait la poitrine.

— Je ne t'aime pas.

Une larme roula sur la joue de la jeune femme. Mille coups de fouet lui auraient été plus doux que cet affligeant spectacle. Mais c'était pour elle qu'il mentait. Pour eux deux. Pour Attar.

Elle releva le menton.

— Dans ce cas, Aden et moi resterons ici quelque temps, dit-elle d'une voix qui avait recouvré sa fermeté. Merci de m'envoyer mes livres et mes tableaux blancs.

— Entendu.

Comme elle lui tournait le dos, il vit qu'elle tremblait.

— Sayid, reprit-elle, sans le regarder, tu m'as appris à prendre le contrôle de ma vie et à faire mes propres choix. Je t'en suis profondément reconnaissante. Mon seul regret est de ne pas avoir su t'aider en retour.

— Ce n'est pas à toi de porter mon fardeau, *habibti*, s'entendit-il répondre avant d'avoir pu se censurer.

Cette fois, elle se retourna.

— Tu m'as bien soulagée du mien. Pourquoi ne te rendrais-je pas la pareille ?

Parce que son fardeau l'écraserait, comme il l'écrasait, lui.

— C'est mieux ainsi.

Elle hocha la tête et quitta la pièce.

Et les ténèbres engloutirent Sayid.

Les larmes de Chloé lui brouillaient la vue, et elle distinguait mal ses calculs, sur le tableau blanc. Au diable ces fichus raisonnements ! Que lui avaient-ils apporté de bon ? Dire qu'elle avait été si sûre d'agir selon son cœur… En réalité, elle avait fait de Sayid une équation à résoudre, dont la solution lui permettrait de gagner son amour.

De nouvelles larmes s'amoncelèrent sous ses paupières. Oui, elle avait tenté de le façonner selon ses propres désirs. Exactement comme sa mère, qui fermait les yeux sur la cruauté de son mari pour mieux chanter ses louanges, la lèvre fendue par ses coups. Elle avait eu peur d'aimer Sayid tel qu'il était. Mais Sayid et son père étaient aux antipodes l'un de l'autre ! Son père tournait sa colère vers l'extérieur, blessant quiconque l'approchait, tandis que Sayid l'intériorisait au point de se laisser dévorer. Elle avait voulu le sauver. Lui montrer l'avenir qui s'ouvrait devant eux.

Non… *L'avenir qu'elle avait décidé pour lui.*

Cette prise de conscience lui fit l'effet d'une douche froide.

— Oh ! Sayid…

Elle s'était comportée comme tout le monde l'avait toujours fait ! En l'érigeant en exemple. En projetant ses espoirs sur lui. Ce n'était pas de l'amour, mais de l'égoïsme. Elle avait essayé de le posséder, comme leur première nuit lorsqu'il lui avait donné le contrôle.

Elle avait voulu faire de lui l'homme dont elle avait besoin, sans se soucier d'être la femme dont *lui* avait besoin. Elle avait cru qu'il lui mentait, qu'il se mentait à lui-même, aveuglée par son désir de lui prouver qu'une autre voie était possible, refusant de voir ce qu'il voulait *vraiment*. En fait, elle ne valait pas mieux que son oncle Kalid, qui l'avait manipulé pour le tenir sous son joug.

N'en avait-elle pas fait autant ?

D'un geste rageur, elle effaça les équations sur le tableau. Pas étonnant qu'il l'ait repoussée ! Elle croyait lui faire une offre, alors qu'elle l'accablait d'exigences !

Elle se rua dans le bureau de Sayid. La pièce était vide. Gagnée par la panique, elle arrêta un domestique dans le couloir.

— Où est le cheikh ? demanda-t-elle, essoufflée.

— Il est retourné à la capitale.

— Quand ?

— Il y a quelques heures.

— Comment ?

— Pardon ?

— A pied ? En chameau ? En tapis volant ?

— En hélicoptère.

Elle retourna dans le bureau et appela le palais de la capitale. Malik lui répondit.

— Le cheikh Sayid est-il là ?

— Qui le demande ?

— Sa femme.

— Navré, cheikha. Il est sorti.

Elle raccrocha brutalement, en proie à une détresse grandissante. C'est alors qu'un nom attira son attention parmi les numéros abrégés. Après une brève hésitation, elle pressa la touche correspondante.

— Sayid ?

La voix était grave, avec un fort accent russe.

— Vasin, dit-elle.

— Cheikha ?

— Oui. Il semble que mon mari se soit volatilisé. Vous l'avez retrouvé par le passé. Pouvez-vous renouveler l'exploit ?

— Comptez sur moi.

Sayid suffoquait de désespoir. Un désespoir indicible et que rien ne pouvait apaiser, pas même l'immensité familière autour de lui. Combien de fois s'était-il réfugié dans le désert, en quête d'un bref moment de paix ? Mais cette plénitude, c'est dans les bras de Chloé qu'il l'avait trouvée. Uni à elle, il ne s'était jamais senti aussi libre. Elle seule n'avait pas retourné ses sentiments contre lui, et ne le ferait jamais.

Et il avait rejeté son amour.

« Lâche », avait-elle murmuré. Elle avait raison. Depuis toujours, il se cachait derrière sa colère, qu'il jugeait préférable à la souffrance. Dans le désert, il aurait voulu hurler sa frustration. S'arracher à la prison qu'était son corps et libérer l'homme derrière les murs. Mais cette souffrance-là était inacceptable…

Même si elle le détruisait de l'intérieur.

Puis il y avait eu Chloé. La douceur de son corps contre le sien. Les sentiments qu'elle faisait naître en lui. La peur de la perdre…

Soudain, les chaînes autour de son cœur volèrent en éclats. Il tomba à genoux et poussa un cri issu des tréfonds de son âme où se mêlaient les coups de Kalid, le traumatisme de sa captivité, la perte de Sura… Toute cette souffrance qu'il muselait depuis toujours. Il la déversa longuement, et pleura.

Lorsqu'il se releva un moment plus tard, les murs autour de son cœur avaient disparu.

Le téléphone sonna dans le bureau de Sayid. Chloé décrocha aussitôt.

— Alik ?

— Cheikha.

— Vous l'avez retrouvé ?

— Oui. Et il est plus proche que vous ne l'imaginez.

— Quoi ? Alik, qu'est-ce que…

— Chloé…

Elle leva les yeux. Sayid se tenait dans l'embrasure de la porte. La main tremblante, elle raccrocha.

— Alik m'a appelé, mais j'étais déjà en route, dit-il en guise d'explication.

— Tu as disparu toute une semaine. Où étais-tu ?

— Dans le désert. J'avais besoin de me retrouver.

— As-tu réussi ?

— D'une certaine façon.

— Sayid, commença-t-elle, moi aussi j'ai réfléchi après ton départ. J'ai compris que je t'avais traité comme tout le monde l'a toujours fait, en t'imposant mes attentes sans me soucier des tiennes. C'était égoïste de ma part. Ce que tu veux mérite mon respect, et ce que tu ressens n'appartient qu'à toi. Tu n'es pas un héros, Sayid, mais une personne à part entière, avec ses désirs et ses besoins. Personne ne l'a jamais reconnu, moi pas plus que les autres. Je suis désolée.

— Chloé…

En deux enjambées, il avait couvert la distance qui les séparait pour la serrer contre sa poitrine.

— Tu entends ?

— Quoi ?

— Mon cœur. C'est l'amour qui le fait battre.

— Oh ! Sayid, murmura Chloé, avant de déposer un baiser sur son torse.

— Chloé, si je n'ai pas trouvé la paix dans le désert, c'est parce que tu n'y étais pas, continua-t-il. Il n'y a qu'avec toi que je me sens entier. Et cela m'a fait peur.

Ses yeux de jais, habituellement vides et froids, brillaient d'émotion.

— Et sais-tu de quoi j'avais peur ?

— Quoi ? demanda-t-elle.

— Pas de mes ennemis. Kalid prétendait me protéger d'eux. Mais en réalité, c'est lui qui m'a fait le plus de mal. Lui qui a retourné mes émotions contre moi. Tout ce que je désirais, tout ce qui me rendait heureux, il me l'a arraché pour mieux me plier à sa volonté et faire de moi le parfait petit soldat. Mon entourage a toujours exploité mes faiblesses. Avec toi, Chloé, j'étais sans défense.

— Sayid…

— Et j'avais besoin de cela, reprit-il. Avec toi, je pouvais être vulnérable, car tu n'as jamais cherché à en tirer profit. Cette première nuit, quand tu m'as attaché au lit…

— A ta demande, rappela-t-elle.

— J'ai trouvé ma liberté en te donnant le contrôle. En oubliant un temps le rôle auquel on m'avait conditionné. Et sur la plage… Je n'ai pas su faire face. Ce que tu me faisais ressentir, c'était trop…

— C'est ma faute. J'attendais trop de toi, sans te demander ce dont tu avais besoin.

— De toi, Chloé. C'est de toi que j'ai besoin. Ce que je prenais pour mes défenses était en réalité un carcan, dont tu m'as libéré.

— Toi aussi, Sayid, tu m'as tant apporté ! Tu m'as épousée afin que je puisse rester auprès d'Aden. Tu m'as donné le contrôle. Tu as chassé mes peurs et m'as offert un nouveau départ. Tout cela sans rien obtenir en retour…

— Au contraire, Chloé. Avant de te connaître, j'étais une coquille vide. Plus maintenant.

— C'est peut-être cela, l'amour. Plus on donne, plus on reçoit. Aimer Aden me comble chaque jour un peu plus.

Elle sentit les bras de Sayid se resserrer autour d'elle.

— Ma vie n'a jamais eu d'importance, murmura-t-il. Toi, Aden… N'est-ce pas plus que ce que je mérite ?

— Non, Sayid. Tu as droit au même bonheur que les autres. Et tu es important pour moi. Pour Aden. La vraie question est : que veux-tu ?

— Je veux…

Sa voix se voila d'émotion.

— Je veux être un père pour Aden et un mari pour toi. Je veux que nous formions une famille.

— Moi aussi, souffla Chloé, les larmes aux yeux.

— Je t'aime, Chloé. Avec toi, je me sens enfin libre d'être moi-même.

Elle l'embrassa tendrement.

— Seize ans de mariage ne s'annoncent plus aussi insurmontables, n'est-ce pas ?

— Non. Mais cet arrangement est loin de me réjouir.

Le cœur de Chloé se figea.

— Pourquoi ?

— Ce n'est pas seize ans que je veux passer avec toi, Chloé al-Kadar, mais toute ma vie. Et puisque nous nous aimons, je ne vois pas d'autre solution.

— Face à ce raisonnement infaillible, cheikh Sayid al-Kadar, je ne peux que m'incliner.

— C'est donc ma logique qui l'emporte ?

— Non…

Elle déposa un autre baiser sur ses lèvres.

— C'est l'amour.

L'amour, découvrirent-ils quelques mois plus tard, ne constituait pas le plus efficace des moyens de contraception. Le choc de Chloé amusa Sayid.

— Tu es une scientifique. Tu aurais dû prévoir ce genre de chose.

— Oh ! tais-toi, tu veux ?

— Voilà déjà les hormones qui parlent…

Elle lui jeta son oreiller à la figure.

— Tu es étonnamment calme, remarqua-t-elle. Je m'attendais à ce que tu paniques…

— Pourquoi paniquerais-je ? Je suis fou de joie !

— Vraiment ?

— Ces derniers mois avec toi et Aden ont été les plus heureux de ma vie. Tu avais raison, ajouta-t-il. Plus on donne d'amour, plus on en reçoit. Et avec ce nouveau petit être à aimer…

— Ce sera peut-être un garçon, dit-elle. Notre fils cadet…

— Et il sera traité comme son frère aîné. Tous nos enfants grandiront auprès de nous, entourés d'amour.

Un sourire radieux éclaira le visage de Chloé.

— Oui, c'est aussi ce que je veux.

— Tu craignais que je ne sois pas d'accord ?

— Non, mais… la tradition…

— Je t'ai toutes les nuits dans mon lit, et Aden passe déjà plus de temps avec nous qu'avec ses nourrices. Au diable la tradition ! C'est une famille que je veux…

Il serra ses mains dans les siennes.

— Avec toi et toi seule.

Epilogue

Seize ans plus tard…

— Où est Aden ?

Chloé tressaillit, l'estomac noué par la nervosité.

— Dans sa chambre.

— Est-il prêt ?

— Ce n'est encore qu'un adolescent, Sayid.

— Il est l'héritier du trône d'Attar, né pour régner sur le pays.

— Je sais, mais…

— Mais tu es sa mère et tu ne peux pas t'empêcher d'être inquiète pour lui.

Il la rejoignit et elle se laissa aller dans le refuge de ses bras. Seize ans de mariage n'avaient pas diminué leur alchimie. Il suffisait qu'il la touche pour que le désir fuse dans ses veines.

— Je suis son père, dit-il. Je comprends ce que tu ressens. Mais Aden est un garçon intelligent et réfléchi. Et puis, il nous a, nous.

— C'est vrai.

— Ses frères et sœurs sont-ils prêts ?

— Oui. S'ils ne renversent rien sur leurs habits d'ici au couronnement…

— Peu importe s'ils ne sont pas tirés à quatre épingles. Nous n'avons jamais prétendu être une famille royale traditionnelle.

— Non ?

— Peu de cheikhas enseignent à l'université, professeur al-Kadar.

— Et peu de cheikhs ont les murs de leur bureau tapissés des dessins de leurs enfants, répliqua-t-elle en souriant.

— C'est parce qu'ils n'ont pas une famille aussi merveilleuse que la mienne.

Aden apparut sur le seuil, en tenue d'apparat impeccable, une expression sérieuse sur ses traits juvéniles. Un élan d'amour et de fierté submergea Chloé. Son fils aîné était peut-être un homme aux yeux d'Attar. Mais pour elle, il serait toujours le bébé qu'elle avait bercé contre sa poitrine, celui pour qui elle avait tout quitté et qui lui avait tant apporté en retour.

— Je suis prêt, annonça-t-il.

— Nous te suivons, dit Sayid, une main posée sur son épaule.

— Je suis content que vous soyez avec moi, aujourd'hui.

— Nous serons toujours avec toi, affirma Chloé, le cœur serré par l'émotion.

Il leur sourit à tous les deux et sortit, en route vers la salle du trône. Vers son avenir.

— Ce garçon est l'espoir de toute une nation, mais il est avant tout notre fils, déclara Sayid. Nous l'avons élevé ensemble. Rien ne nous enlèvera jamais cela.

— Je sais, dit Chloé.

Elle l'embrassa avec la même passion qu'à leurs débuts, fortifiée par seize années de complicité.

— Selon notre plan initial, c'est aujourd'hui que nos routes devaient se séparer…

Sayid l'enlaça étroitement.

— Je préfère continuer à faire un bout de chemin avec toi.

— Quelle chance ! Moi aussi, lança-t-elle, mi-amusée, mi-émue.

— Tu voudras bien, à notre retour, mettre tes lunettes et prendre ta voix sévère de professeur ?

Elle éclata de rire.

— Si tu n'es pas sage, je t'attacherai au lit. D'ici là… il faudra prendre ton mal en patience.

— Pas de problème.

Il posa sur ses lèvres un baiser empreint de tendresse.

— Avec toi, *habibti*, chaque seconde vaut la peine d'être vécue.

Si vous avez aimé ce roman
ne manquez pas la suite dans votre collection Azur :

Un mystérieux fiancé, Maisey Yates, août 2015